JN116210

きみが、この本、読んだなら

とまどう放課後編

森川成美
高田由紀子
松本聰美
工藤純子

さ・え・ら書房

きみが、この本、読んだなら

とまどう放課後編

目次

赤いコードロン・シムーン
森川成美
5

たそがれ時の魔法
高田由紀子
43

走っていくよ
松本聰美
85

ぬすまれた時間と金色のパン
工藤純子
125

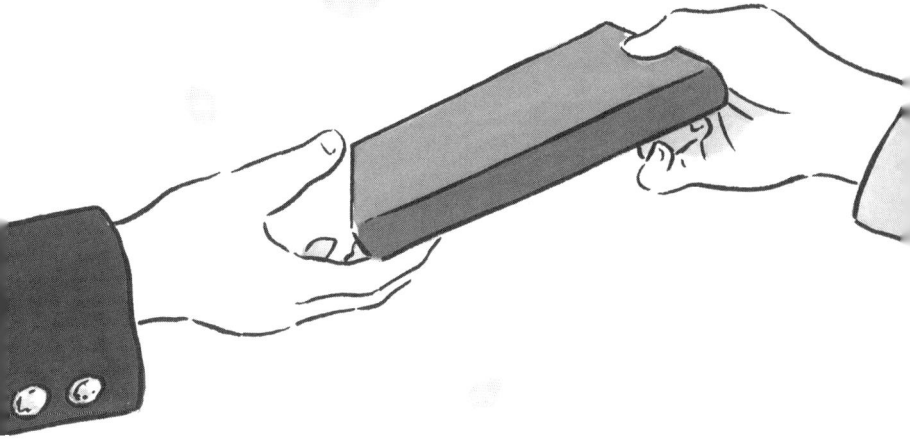

絵

吉田尚令

装幀

大岡喜直（next door design）

赤いコードロン・シムーン

森川成美

一　女子のとなり

六年生になってクラス替えをしたので、新学期早々に席決めがあった。うちの学年は、机を二人一組でくっつける方式だ。しかも、なるべく男女が並ぶように、ということになっている。

基本的には背の順で席が決まる。ぼくはクラスの男子のうちで一番背が高い。だから、去年はそれで運よく一人席になった。つまり、人数が奇数で男子が多かったわけだが……。

実は、ぼくは、女子が苦手だ。

一人っ子で、いとこも全員男子ということもあるかもしれないが、だいたい女子が話していることのほとんどが、暗号みたいでよくわからない。

だが、今年は男女同数になってしまい、どうしても女子と並ばなきゃならなくなった。となりに来たのは、緑川すみれという子だった。初めていっしょのクラスになった、学年で一番背の高い女子だ。背の順ならこうなるのはまあ、必然だった。

「大空翔(おおぞらかける)くんね。どうぞよろしく」
すみれは、にこっと笑いかけてきたけど、ぼくは返事をせずに下を向いた。いじわるで返事をしなかったわけじゃない。女子にどういう顔で、どんな声で、なにを話したらいいかわからなくて、あれこれ考えているうちに、つい、そうなっちゃったんだ。
いやなやつだと思われただろうな。
でも女子にどう思われようと、ぼくは平気だ。な、はずだ。むしろこれから、すみれと口をきかなくてよくなったんじゃないのか。
思ったとおり、それから、すみれは話しかけてこなくなった。ラッキーだ。
だが、五月の連休明けの休み時間のこと、ぼくはふと、すみれの机(つくえ)の上を見て、大声をあげてしまった。
「コードロン・シムーンだ！」
すみれは、びっくりしたように、ぼくを見あげた。
「知ってるの？」

「もちろんだよ」

コードロン・シムーンは、一九三〇年代にフランスのコードロン社が製造した飛行機のシリーズの名前だ。旅客機、郵便機として使われたが、第二次世界大戦では、フランス軍の連絡機としても使用されていた。シムーンというのは、砂漠に吹く砂嵐の意味だ。

すみれの机の上にあったのは、そのコードロン・シムーンの模型の写真がのった下じきだったのだ。すみれは写真を指さして言った。

「大空くんがこの飛行機、知ってるなんて、うれしい。すごくかわいいよね」

かわいい？

今度はぼくがびっくりする番だった。

ぼくは飛行機マニアだ。特に第一次世界大戦の初めごろから、第二次世界大戦が終了したあたりまで、つまり一九一四年から一九四五年ぐらいまでのものに興味がある。

だけど、そんな話を学校でしても、みんなついてこれなくて、目を白黒させるだけだ。だから男子の友だちにだって、あまり話したことはない。まして女子には。

でも、すみれは、かわいいと言ったのだ。かわいい、という表現にはちょっと疑問がないではなかったが、すてきだという意味とすれば、理解できる。

それにコードロン・シムーンを知っているなんて、それだけでも、女子にしては、やるじゃないか。ぼくはすみれをちょっと見なおした。

すみれは、にこっと笑って、下じきをぼくの机にのせた。

「連休に行ったミュージアムでね、撮った写真なの。気に入ったから、おとうさんのパウチの機械を借りて、自分で作ったんだ。王子さまの写真もあるんだよ。ほら、見て」

よく見れば、パウチしてあったのは、コードロン・シムーンだけではなかった。なにやら、丸い頭の男の子のカラフルな像や、西洋のお城のような建物の写真などが、いっしょにはさまれていた。

「なんといっても、赤い飛行機っていうのが、すてきよね」

すみれは言いそえる。

たしかにそのコードロン・シムーンは赤だった。だけどすべてのコードロン・シムーンが赤というわけじゃない。説明しようと思ったが、次の授業が始まりそうだったので、ぼくは急いで言った。

「模型、持ってるよ。見る？　今日の放課後、うちに来ない？」

「ほんと？」

すみれは、はずんだ声をあげた。

「行く！」

二　女子が遊びにきた

「えーっ、ほんと？」

家に帰って、すみれが来ると言うと、おかあさんがいつもより二オクターブぐらい高い声を出した。

「どうしよう、おそうじしてない」

え、そこか？

「いつもだって、そうじしてないじゃん。友だち来るとき」

ぼくが言うと、おかあさんは、ぶんぶんと首を振った。

「だっていつもは、男子じゃないの」

「女子だとちがうの？」

「そりゃ、ちがうわよ。あんまり散らかしてたら、はずかしいじゃない」

そうか？　と思う。おかあさんは、いつも、男も女も同じだ、だから、男子だからって洗濯物をたたまなくていいというわけじゃない、と言って、ぼくに家のてつだいをさせるくせに。

なんだかわからないけれど、おかあさんは、近所でおいしいと評判のケーキ屋さんのショートケーキまで、急いで買いにいって、準備していた。

そのうちインターホンが鳴った。すみれだ。

「いらっしゃ～～い！」

おかあさんの声は、また二オクターブ高い。

「おじゃまします。これ、母が」
すみれは、クッキーの袋かなにかをわたしている。
「あら〜〜ありがとう。じゃあ、あとでおやつに出すわね」
おかあさんはうれしそうだ。女子が来るのは、そんなにたいしたことなんだろうか。
ぼくはなんとなく、その雰囲気がいやで、すみれをすぐに自分の部屋に引っぱっていった。
ぼくの部屋には、おとうさんのおさがりの本棚がある。古いが、ちゃんとガラス扉のついた立派なものだ。ぼくはその中に、本を入れずにプラモデルを飾っている。みんな自分で組み立てて、色を塗ったものだ。
「これだよ」
鼻先に一つプロペラのあるコードロン・シムーンのプラモデルを、ガラスの外から指さすと、すみれはけげんな顔をした。
「でもこれは青だよ。赤じゃないの？」

「機体の色は、赤のほかにも、黄色と白と青があったんだ。でも塗装がちがうだけで、同じモデルなんだ」

ぼくは、扉をあけて、コードロン・シムーンを取りだすと、すみれにわたした。今まで、こんなことを友だちにしたことはなかった。うちに遊びにきて、さわらせてと言った男子はたくさんいたけれど、いつもだめだめ、と断っていた。こわされたらいやだからだ。でも、なぜか、すみれには見せたかった。

「これは、七十二分の一模型なんだ」

「七十二……？」

すみれは、首をかしげながら、小さなプラモデルを受けとった。

「そう、実際の大きさは、長さ九・一メートルで、幅が十・四メートル。これはそれを七十二分の一に縮小したもの」

「へえ、適当な大きさに、作ったんじゃないんだ」

うん、とぼくはうなずいた。

「中のようすも、可能なかぎり現物に近づけてあるんだ。前の席が二つ、乗員が二名ってことで、これは操縦士とナビゲーターが座る。うしろの席も二つ、つまり乗客は二名まで。さらにうしろの部分は貨物室で、郵便機として使われるときは、エアメールがのせられた」

「エアメールって？」

「手紙だよ。コードロン・シムーンの最初の飛行は一九三四年。そのころは、すでに電話はあったけれど、手紙でなければ連絡できない場所も多かったんだ。だから、急ぎの用事は手紙にして飛行機で届けた。それでも、当時ふつうだった船便よりずっと早い。この青い塗装はね、エアメールを運ぶ『エール・ブルー』という会社のシンボルカラーみたいなものなんだ。ブルーっていうのは、フランス語でも青っていう意味だから、機体も青」

「ふうん、大空くんって、授業中ぼうっとしてるのに、学校で習わないようなこと、いろいろ知ってるんだね」

すみれは感心したように言う。ほめられたのか、けなされたのかわからないが、まあほめているんだろう。なんだか、もうちょっとびっくりしてもらいたくなって、ぼくはつけくわえた。
「そんなわけで、なるべく遠くまで早く届けたほうがいいから、一息に、できれば補給せずに、どこまで飛べるか、というのが、そのころはとってもだいじなことだったんだ。実は、コードロン・シムーンは日本にも二回来てるんだ」
「へえ、日本にも？」
「そう、パリー東京間を百時間以内で飛ぶ、という賞金つきの競争が行われて、一回目は、一九三六年にアンドレ・ジャピーって人が、パリから飛びたって、香港まで来た。そこで補給してから、東京に着くことをめざしてたけれど、とちゅう、佐賀県の脊振山に衝突して、大破した」
「え？　墜落したの？」
「そうなんだ。でも命は助かった。その次の年に、マルセル・ドレーという人が、上海で補給したあと、東京まで行こうとして、今度は、高知県の砂浜に不時着した」
「わ、不時着。『星の王子さま』の人と同じ！　赤いコードロン・シムーンの人だよ。

パイロットで、砂漠に不時着したんだ。あの本は、そのときのことを書いたお話なんだよ。ミュージアムで、その人が飛行機に乗っている写真を見たんだ」

すみれは、そう言ってから、ちょっと興奮気味に主張した。

「ねえ大空くん、『星の王子さま』読んだらいいよ。絶対、気にいるよ。明日、学校に持っていって貸してあげる」

三　けんか

次の日すみれは、半袖のパジャマみたいな服を着た男の子が表紙に描かれた本を、持ってきた。髪の毛のつんつん立った丸顔の子だ。

ありがとう、といって受けとった。自分で選ぶなら、こんな、お星さまがたくさんちりばめられたような、甘ったるい絵の表紙は絶対に手にとらない。ましてや「王子さま」の本なんて、幼稚園生じゃあるまいしって思ったと思う。

でも、コードロン・シムーンにひかれて、ぼくは家に帰るとすぐに、読みはじめた。

最初は、不時着したのが王子さまかと思っていた。でもちがった。

「ぼく」という語り手だ。飛行機のモーターが故障して、サハラ砂漠に降りたのだ。機関士も乗客もいないので、一人きりで故障を直そうと、いろいろやっているところに、ふらりとやってきたのが、王子さまだった。

王子さまは、家ぐらいの大きさの星から来たのだった。

そして「ぼく」に、自分の星のことや、今まで行ったことのあるいろいろな星のことをしゃべる。王さまの住んでいる星とか、うぬぼれ男が住んでいる星とか、呑み助が住んでいる星とか。

そのあと王子さまは、地球に来たのだった。地球はすごく大きかった。王子さまは、ヘビやキツネに会い、そのうち、自分の星に残してきた一本のバラの花のことを、思いだすのだ。

「ぼく」は、飛行機を修理しながら、そんな王子さまの話をずっと聞いているが、結局こわれたモーターは直らない。とうとう、水もつきた八日目に、泉を探しに歩きだすことにした。王子さまは、いっしょについてくるが、眠ってしまったので「ぼく」はかかえて歩く。そしてついに泉をみつけて、水を王子さまに飲ませ、自分も飲む。

「ぼく」は、泉のところに王子さまを残して、飛行機にもどる。

次の日、やっとモーターのいけないところが見つかって、なんとかなりそうなことを知らせに、王子さまのところに行くと、王子さまは、ヘビと毒について話していた。そして、王子さまの星が、去年、王子さまがおりてきたところのちょうど真上にくるときに、その場所で、ヘビと待ちあわせをする約束をしていたのだ。

どういう意味かと不思議に思う「ぼく」に、王子さまは、星に残してきたバラの花にしてやらなければならないことがあるから、星に帰るという。そして、王子さまはその晩、ヘビに足首をかまれ、すがたを消すのだった。

読みおわって、ぼくは、え？　と思った。

飛行機はどうなった？

パイロットの「ぼく」は、ぶじ救出されたんだろうか？

佐賀県で墜落したアンドレ・ジャピーは、地元の消防団による捜索で発見されて、病院に運ばれて助かった。飛行機は分解して山から降ろされて、近くの税関に運ばれた。飛んできた飛行機は、輸入貨物と同じあつかいになるからだ。マルセル・ドレーも、同じように、地元の人に救助された。

この人は？

助かったの？　だとしたらどうやって助かった？

ふつう、本を読みおわると、なにかがわかった、という気持ちになるものだが、ぼくの頭の中は、疑問だらけだった。

次の日、本をすみれに返すつもりだったが、朝、ねぼうして、あわてて時間割をそろえてから玄関を走りでたせいで、学校に持ってくるのを忘れてしまった。

「大空くん、『星の王子さま』読んだ？」

席についたとたん、すみれに聞かれた。

「あ、ごめん、忘れちゃって。明日返す」

「うん、いつでもいいけど……読んだ？」
すみれは疑わしそうに、ぼくを見た。読んでないのに返すんじゃないでしょうね、とでもいいたげな顔だ。
「読んだ……」
ちょっと、すみれの顔が明るくなった。感想を待ってるんだ。なんて言おうかなと思う。
「読んだけど……飛行機、出てこなかったね」
「あ、でも……さし絵になかったっけ」
「なかった」
ぼくは即座に答えた。これには自信がある。ぼくはコードロン・シムーンのどの型式だったのかを知りたくて、飛行機のさし絵を探しながら読んだ。だけど絵は見つからなかった。そのうえ、
――ぼく、飛行機の絵なんか、ごめんです。あんまりこみいってて、とてもぼくの手におえません

なんてあったのだから、まちがいない。
「ねえ、これを書いた人が乗ってたのは、ほんとに、コードロン・シムーンだったの？　だったら、型式は何番だったの？　C・500とか、C・635Mとか、いろいろあるんだけど」
ぼくが聞くと、すみれはちょっとむっとしたようだ。
「それがだいじなことなの？　そんなこと知りたいのは、つまらない大人だって書いてなかった？」
「飛行機の型式を知りたいことが、つまらない大人なの？」
ぼくはわからなくなって、聞いた。たしかに、子どもはこうだ、大人はこうだ、といっぱい書いてあったが、そんなこと書いてあったかな？　と思いながら。
「惑星の番号を知りたがるのは大人で、番号を知ったからってその星のことを知ったことにはならないって、あったでしょ。わたしあそこ好きなんだけど。大空くん、ちゃんと読んだの？」
すみれは、けんかするみたいな口調で言うと、ぷんとあっちを向いた。

それから、もう一度ぼくの方を向いて、
「明日、忘れずに返してね」
と、宣言したのだった。

四　赤いバラ

なんで怒っちゃったんだろうな。女子の気持ちはよくわからない。
型式のちがいは、つまり設計のちがいだ。塗装の色なんかとは比べものにならないぐらいだいじなことだ。たとえてみれば、塗装は洋服で、型式は本人の性格。服を着がえても性格は変わらないでしょ、って感じなのに。
でも、すみれは「赤い飛行機」なんてざっくりした言い方でも満足できるやつなんだから、型式なんてたいしたことに思えないのかもしれない。けれど、なにも怒ることはないだろう、と思う。
明日は絶対、学校に持っていかないと、また怒られるぞ、とぼくは家に帰ってすぐ、本を通学用のリュックに入れた。

入れるときに、表紙を見て、ふと思った。

作者の名前は、サン＝テグジュペリだ。

この人が実在する昔のパイロットなら、どんな飛行機に乗っていたのか、わかるんじゃないのか？

ぼくは、いつも飛行機のことを調べるときのように、おとうさんのパソコンで検索をしてみた。

そうしたら、びっくりするようなことが、ずらずらと出てきた。

サン＝テグジュペリは、もともと空軍のパイロットだった。でも、飛行機の墜落事故で、頭蓋骨を骨折する重傷を負った。ちなみにこのときの飛行機はアンリオHD・14だ。これは翼が二重になっている複葉機という古いタイプのプロペラ機で、日本でも生産されていた。ちなみに、そのときの日本名は己式一型練習機といった。

それにしても、墜落で頭蓋骨骨折なんて、おそろしい。サン＝テグジュペリもそ

う思ったのか、空軍をやめてほかの仕事につくが、やっぱりパイロットがいいと、今度はラテコエールという航空郵便の運行会社に就職する。つまり、エアメールを運ぶ会社だ。そして、フランスと南アフリカを往復する路線をまかされる。このときの飛行機はブレゲー14。これも複葉のプロペラ機だ。

そのうち小説を書いて作家になり、コードロン・シムーンC・630を買う。自家用機を買っちゃったんだ。プラモデルじゃない、本物の飛行機だ。しかも二機。C・630は、全部で二十機しか製造されていないのに、そのうち二つも持ってたなんて。すごい。うらやましい。

でも、さすがにお金がなくなってしまい、賞金ねらいでフランス―ベトナム間の最短時間での飛行記録に挑戦したが、リビア砂漠に不時着。五日後に地元の人に救出される。

そうか、これだ。サン＝テグジュペリは、このときの自分のことを書いたんだ。

つまり「ぼく」は助かった。

なんだかほっとして、うれしくなる。

でもそのあと、サン＝テグジュペリは軍隊に復帰する。自分の国、フランスがドイツに占領されたからだ。戦ってとりもどしたいと、偵察機のパイロットになる。

この飛行機は、ロッキードP－38ライトニングという、アメリカ軍の戦闘爆撃機だった。ぼくはそのプラモデルも持っている。双発、つまりプロペラが二つあるやつで、できたばかりのときは、高度が出なかったので、そのころアメリカと戦っていた日本軍の戦闘機乗りは、ぺろっと撃ちおとせるから「ぺろはち」と呼んでいたそうだ。でもあとで改良されて、ドイツ軍からは「双胴の悪魔」と呼ばれていた。

ただし、サン＝テグジュペリが乗ったのは、爆弾をのせる設計のやつではなく、撮影機材を搭載したF－5Bという機種だ。なぜなら、偵察機というのは、敵のようすを探って、写真を撮ってくるためのものだからだ。

サン＝テグジュペリは、この飛行機で地中海のコルシカ島を発ったあと、行方不明になったのだ。どこかに機体が沈んでいるだろうと思われていたが、どこだかわからなかったという。

五十年ほどたって、マルセイユというフランス南部の港町の近くで、ある漁師が、魚をとるための網に、銀製のブレスレットが引っかかっているのに気がついた。
調べてみたら、そのブレスレットには刻印がおしてあり、なんと、サン＝テグジュペリのものだとわかった。そして、さらにくわしい海底調査の結果、そこにF－5Bが沈んでいることが確認されたのだった。
そこまで読んで、思わずふうっと、ため息が出た。
そうか、つまり「ぼく」は、砂漠では助かったけれど、戦争で死んじゃったってことか……。なんとも言えない気持ちになった。

ぼくは、いったんリュックにしまった『星の王子さま』をとりだして、もう一度読みはじめた。
サン＝テグジュペリは戦争で死んだとはいえ、このときは砂漠で助かっていたと思うと、前よりはちょっと安心して読める。
そのせいか、一度目に読んだときには、読みとばしていたいろいろなことが、目に入ってくるようになった。

サン＝テグジュペリは、遭難してからほとんど水なしで歩きまわり、五日で地元の人に助けられたのだが、『星の王子さま』では、語り手の「ぼく」は、一週間分の水を持っていて、八日目に歩きだし、井戸を発見したことになっていた。

あと、サン＝テグジュペリが遭難したときには、本当はナビゲーターと二人だったのだが、『星の王子さま』では、「ぼく」は一人でいて、そこに王子さまが来たことになっていた。

いずれも実際とはちょっとちがう。ってことはつまり、王子さまは空想のもので、実在の人物をモデルにしたんじゃないんだろう。

きっとこの人は、なぜ遭難したか、どうやって脱出したか、ということより、その間、自分の頭の中に、王子さまがずっといたということを書きたかったんだろう。

そう感じるのも、最初に出てくるウワバミの話と、なんだか似ているからだ。

「ぼく」は子どものころに、ゾウをのみこんだウワバミ、つまり、でかいヘビみたいなものだろうと思うが、その絵を描く。でもみんなは帽子の絵だとしか思わない。見かけはたしかに帽子みたいに見えるが、その中にはのみこまれたゾウがいるのだ。

――どうやらものわかりのよさそうな人に出くわすと、ぼくは、いつも手もとに持っている第一号の絵を、その人に見せました。ほんとうにもののわかる人かどうか、知りたかったのです。ところが、その人の返事は、いつも、〈そいつぁ、ぼうしだ〉でした。そこで、ぼくは、ウワバミの話も、原始林の話も、星の話もやめにして、その人のわかりそうなことに話をかえました。

――すると、そのおとなは、〈こいつぁ、ものわかりのよい人間だ〉といって、たいそう満足するのでした。

つまり、「ぼく」は、外側でなくて、中身の話をしたかった。でもわかってもらえないから、しかたなく外側の話をしていたのだ。

これは、ぼくにも身に覚えのある感覚だ。

ぼくは幼稚園のときから、飛行機マニアだった。小さい子は、相手かまわず、自分の興味のある話を一方的にする。ぼくももちろん、だれに対しても飛行機の話をしていた。でも、だんだんわかってきた。そんな話、たいていの人は、聞きたくないんだ。それで、今は、友だちに、自分が本当にしたい飛行機の話をするかわりに、テレビの番組の話や、サッカーの話、人気のあるマンガの話をしたりしている。

そのたびに、大きくなるということは、小さいころから変わらないやわらかい部分の外側に、殻を一枚、二枚と、かぶっていくことなんだろうな、なんて思っていたのだった。

サン＝テグジュペリにとっても、遭難はもちろん大事件だったはずだけれど、そのくわしい事情は外側にすぎなくて、中身のだいじなことは、遭難した間じゅう、頭の中にいた王子さまだったのだ。

そんなことを考えているうちに、ふと、サン＝テグジュペリの一番したかった中身の話は、いったいなんだったんだろう、と思った。

そうしたら、もう一度、『星の王子さま』を、始めから読む気になった。

図鑑や、プラモデルの作り方、飛行機の解説以外の本で、一冊の本を三回も読みなおすなんて、ぼくには生まれて初めてのことだった。

三度目は、前の二回とはまたちがった読み方になった。
本を開いたとたん、こんな言葉が、ぱっと目に飛びこんできたのだ。
――たいせつなことはね、目に見えないんだよ……
この行は、前に読んでいたはずなのに、今はじめて見たような気がした。
読みとばしていたんだろうか。
それにしても、いったい、どういう意味だろう。
ぼくはそのなぞのような言葉を追いかけて、ページをめくった。
これは王子さまがいなくなる前に口にした言葉だった。でも、前のところにもどって読みなおすと、それはキツネが王子さまに教えたことでもあった。
キツネは、
――心で見なくちゃ、ものごとはよく見えないってことさ。かんじんなことは、目に見えないんだよ
と言い、それから、こうも言うのだ。
――あんたが、あんたのバラの花をとてもたいせつに思ってるのはね、そのバ

ラの花のために、ひまつぶししたからだよ

よくわからないが、どうも、「たいせつなこと」は、バラの花に関係があるみたいだった。

それでぼくは、今度は、バラの花について書いてあるところを、探しながら、読んでいった。

そもそも王子さまは、自分の星に一本のバラの花を残してきたのだった。だが、その花は自分の美しさを鼻にかけて、王子さまを苦しめていた。言うことが気まぐれだし、神経質で、ずるかったのだ。

王子さまは自分の星をはなれて地球に来てから、一つの庭に行った。その庭には、星に残してきたバラとそっくりなバラが、五千本も咲いていたのだ。

王子さまはびっくりする。だって、星に残してきたバラは、自分のような花は世界のどこにもない、と言っていたのに。王子さまはこの世にたった一つという、めずらしいバラの花を持っているつもりだったのに。それが五千もあったなんて。ありふれた花だったなんて。

王子さまは、そう考えて、いったんはがっかりする。
そりゃそうだろう。
気持ちは、すごくよくわかる。
もし自分が持ってるプラモデルが、レアものだよ、って言われて、ケースに入れて、ほこりもつかないようにして、いっしょうけんめいだいじにしていたのに、ある日、とつぜん、それがどこにでも売ってるふつうのやつだってわかったら、ぼくだってすごくがっかりするだろう。
でも、王子さまは考えを変えるのだ。
キツネが、こう言ったからだ。
キツネにとって王子さまは、ほかの十万もの男の子と同じだけれど、王子さまがキツネを〈飼いならす〉、つまりこれはキツネの言い方では「仲よくなる」って意味だけれど、飼いならしたあとだったら、王子さまはキツネにとって、この世でたったひとりの人になるし、キツネは王子さまにとってかけがえのないものになるんだ、と。

それで王子さまにはわかったのだ。自分のバラは、たしかにたくさんの花と同じようだけれど、ほかの花とはちがうということが。

そして、前に自分の星にいたときのことを思いだして、

――あの花のいうことなんか、とりあげずに、することで品定めしなけりゃあ、いけなかったんだ。

――根は、やさしいんだということを、くみとらなけりゃいけなかったんだ。

と、思って、自分の星に帰ることにしたのだった。

言うことじゃなくて、することで判断する……。

根を、つまり、心の奥底をくみとる……。

なぜなら、だいじなことは目に見えないから……。

心で見なくちゃ、よく見えないのだから……。

そこまで考えて、ぼくはなぜか、きのう、ぷんぷん怒っていたすみれの顔を思いだした。

あのときぼくは、急に怒られて、いやな気分だった。
というか、なぜ怒られたのか、どうしたらいいか、わからなくてとまどった、というほうが当たっているかもしれない。
だから、おー、怖い、だから女子ってきらいなんだ、女子にかかわるとろくなことないんだよー、とは思ったけれど、あいつはなんで怒ったんだろう、とは、考えてもみなかった。
目に見えないところ、つまり、すみれの心の奥底は、どうだったんだろう。
わざわざこの本を貸してくれて、読んだ？　って聞いたっけ。
聞いたってことは、ひょっとしてあいつは、いっしょに本の中身の話がしたかったのかな。
それだったら、いきなり飛行機の型式が書いてなかったって文句言ったぼくに、がっかりしたのかもしれない。
ちょっと悪かったなと思った。
もし、ぼくがなんで型式を知りたかったのか、ちゃんと説明してたら、もっといろんなことを、しゃべれていたかもしれなかったのに。

五　なかなおり

次の朝、ぼくが登校すると、すみれはもう来ていて、席に座っていた。

「おはよう。本、ありがとう」

ぼくは自分から声をかけた。すみれはぼくの顔を見ずに、だまって受けとった。

「あのさ、全部で三回読んだんだ。毎回、ちがう感じだったから、びっくりした」

ぼくがそう言うと、すみれは、ぱっと顔をあげた。

「ほんと？　わたしも十回ぐらい読んだけど、いつもちがうって思ってた」

「うん。なんかさ、不思議だよね」

ぼくはそう答えながら、うれしかった。同じ本を何度も読んだという経験を、わかちあえる仲間がいた。そしてこれは、今、ぼくが心からしゃべりたいことだった。きのうの誤解はといておきたかった。どうやって説明しようか。考えながら、ぼくはゆっくり切りだした。
「でね、一つわかってほしいことが、あるんだけど……」
すみれは、なに？　という顔で、ぼくの顔をのぞきこんだ。
「飛行機の型式っていうのはね、設計のちがいなんだ。だから、外側じゃなくて中身なんだ。能力とか、使い方に関係する、とってもだいじなこと」
すみれは、目を大きくした。
「そうなの？」
「そう。たとえばね、同じ飛行機でも性能のちがうエンジンを搭載したら、別の型式になるんだよ。見かけはいっしょでも、飛べる距離とか、重さとか、消費する燃料の量が変わってくるでしょ」
「そうか、そんなこと考えてもみなかった……」
色なんかとはちがうんだ、と言おうかと思ったが、やめた。ひょっとして、色も、すみれにとっては、外側ではなくて中身かもしれないという考えが、頭にうかんだからだ。

そのかわり、ぼくはすみれの下じきの赤いコードロン・シムーンを指さした。
「ねえ、これ、プラモデルで作ってみたくない？　赤に塗って」
「うん、作りたい！　大空くんの家で見せてもらってから、わたしもほしいなって思ってた」
すみれは、即座に答えた。
「でもどこで売ってるのか、なにを買ったらいいのか、どうやったら作れるのか、ぜーんぜん、わかんなかったんだ」
「じゃ、今度の日曜、いっしょにプラモデル屋さんに行こうか。ぼくももう一つ買うから、うちで作らない？　最初からいっしょに作ったら、どうやってやるのか、すぐわかるよ」
そういえば、小さいころ、初めてプラモデルを作ったときは、おとうさんと同じのをもう一つ買って、いっしょに作ったのだった。ニッパーでパーツを切りはなすところから、まったく同じようにして。
そうやって作れば、まずまちがうことはないし、人に作ってもらったのではなく、自分でやったという感じが得られて、楽しい。
ちらっと、すみれが来たら、おかあさんがまたさわぐかな、と思った。でもいいやという気がした。
「赤の塗料、用意しとくし」
この写真の色なら、真っ赤より、えんじに近い。ちょっと、茶を混ぜるか、と考えながら、ぼくは言った。きっと、そっくりにできるだろう。
「うん！　ありがとう、大空くん」
すみれは、うれしそうに笑った。
ぼくもなんだかうれしくなって、ふふっと笑った。

この物語に登場する本

『星の王子さま』（岩波文庫）サン＝テグジュペリ作　内藤濯訳　岩波書店

参考文献

『海に消えた星の王子さま』
ジャック・プラデル／リュック・ヴァンレル著　神尾賢一訳　緑風出版

たそがれ時の魔法

高田由紀子

一

小六になって初めての委員会活動の日、図書室へ行くと司書の真紀先生がほほえみかけてくれた。

「葉月さん、ひさしぶりだね。図書委員になってくれたんだ。よろしくね」

五年生の途中まで図書室によく来ていたわたしは、クラスメイトや担任の先生より真紀先生の笑顔を見るとほっとした。

端の席に座るとすぐに、坊主頭の男の子と、背が高くて大人っぽい雰囲気の男の子が入ってきた。

えっ、透也くん……？

胸がドキンとはねた。一度もクラスメイトになったことはないけど、毎年、運動会のリレーではアンカーで活躍していて、同じ学年の中で目立っている藤沢透也くんに、わたしはひそかにあこがれていた。

まさか図書委員会でいっしょになれるなんて。

「透也、あれやってよ、あれ」
坊主頭の子に言われ、透也くんはペンケースから青い鉛筆をとりだすと、指で回しはじめた。
うわ……すごい。
ただ一回転させるだけでも難しそうなのに、長い指と指の間をぬうように鉛筆をからませたり、手の甲で回したりしている。
目をはなせずにいると、透也くんがふいにこっちを向いた。さらりとした前髪からのぞく切れ長の目が、わたしの目と合った。ドキッとした瞬間、透也くんが手をすべらせ、鉛筆がわたしの足元に転がってきた。
わたしがあわてて鉛筆を拾うと、透也くんが目の前に来た。
こんなに近づくなんて、初めてだ。全身が心臓になったみたいにドキドキする。
青い鉛筆を、差しだされた大きな手にわたす。
「ありがとう」
透也くんが、ぺこっと頭を下げた。

「う、ううん」

わっ……初めてしゃべれた！

委員会の時間が始まっても、透也くんに視線が向いてしまう。窓から入る午後の日差しで、広い背中が明るく照らされる。委員会の活動中に、またしゃべるチャンスがあるかもしれない。そう思うと、体の温度がどんどん上がっていく気がする。

委員長も副委員長も、立候補する人がいなくてジャンケンで決まり、続けてどんな活動をしたいのかを話し合うことになった。

委員長になった岸本さんがはずかしそうに呼びかけても、だれも手を上げない。指名しても、「えー、思いつかない」とか「わかりません」という返事が続く。

さっと手を上げて、「図書委員がおすすめする本のポスターを作りたいです」と、はっきり意見を言うわたしの姿を想像する。

以前、そういうポスターがはられているのを見て、わたしも作ってみたいとひそかに思っていたのだ。

でも、現実のわたしは、ひざの上に置いた手に力を入れただけ。

頭の中では言えるのに……と思っていると、岸本さんが小さな声で指名した。
「時村葉月さんは、どうですか？」
「えっ、は、はいっ……」
声が裏がえってしまった。みんながいっせいにこっちを向く。
「あの、ポスター……図書委員がおすすめする本の……ポスターを作りたいです」
しどろもどろになりながら答える。想像の中のわたしとはおおちがいだ。
「えーっ、めんどくさくね？」
「おすすめなんて、わかんないよね……」
図書室の中がざわめく。顔がカッと熱くなる。やっぱり言うんじゃなかった。
うつむくと、とつぜん低くて強い声がひびいた。
「さんせーい」
おそるおそる顔を上げると、透也くんがひじを机につけたまま、手を上げているのが見えた。ざわざわが、ぴたっとやむ。
うそ……。

そのあと、とくにほかの意見も出ず、すんなりとわたしの案に決まった。
二人一組でポスターを一枚作ることになり、くじびきで、わたしは透也くんとペアを組むことになった。すごくうれしいはずなのに、ちょっと複雑な気持ちになる。
透也くんって、やっぱりすごいんだ。わたしとは……世界がちがう。
いつも光が当たっているところにいる人っていう感じがする。
そんな透也くんとペアだなんて、やっていけるんだろうか。
でも、さっきはフォローしてくれたし、もしかしたら透也くんも本が好きなのかもしれない。
気をとりなおして、透也くんの座っている席に向かった。
「あ、あの、よろしく」
ドキドキしながら言うと、透也くんは軽くあごをひくようにうなずき、つまらなそうにほおづえをついた。
あれ？　さっきまでと感じがちがうような。
「おすすめの本……どうする？」

思いきって聞いてみる。
「えーっと、時村……が決めていいよ」
初めて名前を呼ばれてドキッとしたけど、透也くんはそっけなく言った。
「おれ、本、苦手だし。なんでもいいから」
えっ、そんな。さっきは賛成してくれたのに。
本……苦手だったんだ。
がっかりしてなにも言えずにいると、会話を聞いていた坊主頭の男の子が顔をのぞかせた。
「透也、『さんせーい』とか言ってたくせに、おしつけちゃってんの？」
「あれは、みんながうるせーから、つい……」
「女子の前でかっこつけたってわけね？」
つっこまれると、透也くんは「つけてねーし」と言って、ぷいっと横を向いた。

二

帰宅して、自分の部屋に入ると、ふーっと息をはいた。
棚にならべた本をしばらく見つめる。
ひっこみじあんで口数の少ないわたしは、小さいころから本を読んですごすことが多かった。
主人公がわたしの言えないようなことをさけんだり、できないような体験をしたりするとスカッとして、物語の世界にずっといたくなった。
（おすすめの本、どれにしようかな。透也くんはきっと、さがしてこないだろうし……）
ちゃんと、透也くんも選んできて、って言えればよかったんだけど。
本の背を指でなぞっていくと、一冊の文庫本のタイトルが目にとまった。
わたしが学校で一番つらかったときに出会った本だ。
男の子も女の子も興味を持ってくれそうで、少しふしぎな物語……。

うん、これがいいかも！
本を棚からとりだす。
『コンビニたそがれ堂』
小さな鳥居やふしぎな商品が置いてあるコンビニの店内と、銀色の髪に金の瞳のお兄さんが、表紙に描かれている。
顔を本に近づけると、深呼吸するように、においをかいだ。
ほのかに本のもつ香りがして、気分がすーっと落ち着く。
「いらっしゃいませ、お客さま　さあ　なにを　お探しですか？」
ページをめくり、『コンビニたそがれ堂』のお兄さんのせりふをつぶやいてみる。
わたしは、本を読むと、すぐ夢中になってしまう。いったん本の世界に入りこむと、人がまわりにいるときでも、気に入ったせりふや思ったことを口にしてしまうのだ。
五年生のときの、苦い記憶がよみがえる。

そのクラスはハキハキしていて元気な子が多く、正反対のわたしはクラスになじめていなかった。

でも、朝読書の時間があるから、重い足を学校へ運ぶことができた。

その日、わたしは買ったばかりの新しい本を持っていった。席につくと、すぐに読みはじめる。

魔法の世界に通じる庭の物語……。「カギを持たない者は、二度と元の世界にもどれない」かあ。あははっ、この主人公、かっこつけてるわりにドジなんだ。あれ？カギをわすれたまま庭に入っちゃった。どうなっちゃうんだろう……？

「……村、時村、おーい、時村葉月さーん！」

今、だれかわたしを呼んだ？

顔を上げると、先生が黒板の前から、わたしを見ていた。体育会系の男の先生で、いつも声が大きい。

「時村、今、本の世界に行ってなかったか？　こっちの世界では、出欠をとってるぞー」

うそっ。全然気がついてなかった！　みんなの視線がつきささってくる。
「す、すみません……」
はずかしさで体がちぢむような気がした。あんなに大声で言わなくてもいいのに。
うつむいていると、となりの席の男の子が「先生、おれも、いつも無視されてまーす！」と手を上げた。
先生に負けないくらいの大声に、クラスのあちこちから笑い声が起きる。
いつも？　いつもわたし、みんなの声が聞こえてなかったの？
休み時間にトイレの個室の鍵をかけ、はーっとため息をつくと、あとから入ってきたクラスの女の子たちの声が聞こえてきた。
「時村さんてさー、本読んでるとき、まったく人の話、聞いてないよねー。ブツブツつぶやいたりして、気味わるくない？」
「えっ、あれ、わざと無視してんのかと思ってた」
無視なんてしていない。でも、やっぱり今までもこんなことがあったのに、気づいていなかったんだ。

手に汗がじんわりとにじんでくる。

あやまらなきゃ。そう思ったけど、トイレの戸を開ける勇気は出なかった。

（もう、こんな失敗はしない）

そのとき、わたしは心にちかった。朝読書の時間は、自分の好きな本じゃなくて、あまりのめりこまない本を読むことにした。

休み時間や昼休みに読書をしたり、図書室に行ったりするのもやめた。

そんなわたしの変化に気づいた真紀先生がこっそりすすめてくれたのが『コンビニたそがれ堂』だった。

たそがれ……夕ぐれどきになるとあらわれるふしぎな魔法のコンビニの物語。大事なさがしものがある人は、必ずここで見つけられるという。

傷つけたままお別れしてしまった女の子に会いたいと願う五年生の男の子や、ママに大事な人形をすてられた女の子、この世からいなくなる前に一度だけ人間になりたいと願うネコ……。

行きづまっている主人公たちは、そのコンビニの商品をきっかけにして、救われていく。あたたかい物語にわたしは勇気づけられ、すぐに文庫版を買って本棚にならべた。

この本を読んでから、たそがれ時に外を歩くときは、路地裏をのぞいたりするようになった。今までなかった場所に、ふしぎなコンビニがあらわれるんじゃないかって。

もしあったら……わたしの失敗をなかったことにしてほしい。みんなの記憶から消しさってほしい。でも、現実には、そんなことは起こらないってわかってる。

だから、六年生になってからも本を好きなことはかくしつづけて、図書委員会はだれも希望しなかったから、しかたなく引き受けた感じをよそおった。

（だけど……やっぱり学校でも、もっと好きな本を読みたいな）

そう思いながら本棚を見ていると、市の図書館で借りた本の返却期限が今日だったのを思いだし、あわてて図書館用のバッグを手にとった。

三

新しい本を借りて図書館を出ようとすると、わたしの前を歩いていた背の高いおじさんが、とびらを開けたまま待っていてくれた。

ここのとびらは重くて、本をたくさん持っているときは背中でおしているくらいだから、ありがたい。でも、そのおじさんはわたしの方に視線を向けず、なにかをぼんやりと見ているような目をしていた。

おじぎをして、急いで外に出ようとしたとたん、思いきり転び、バッグに入れていた本が飛びだしてしまった。

「だいじょうぶ？」

いたみとショックで動けなくなったわたしに、おじさんがやさしく声をかけてきた。立ちあがると、おじさんはわたしが落とした本をさっと拾いあげ、表と裏をていねいに手ではらい、両手でわたしてくれた。

「あ、ありがとうございます」

もう、なんでわたしって、こんなにさえないんだろう。
思わずため息をつく。ひざもジンジンといたい。
おじさんは、「じゃあ、気をつけて」と言うと、図書館を出て、公園の中をゆっくりと歩いていった。
おじさんの背中を見つめていると、公園の出口のところに、透也くんがいることに気づいた。
透也くんはポールに腰かけるようにして、少しうつむいていた。遊んでいる感じじゃない。
なにしてるんだろ……？
すると、透也くんは顔を上げ、おじさんに近づいていって話しかけた。おじさんもなにか言ってうなずいている。
えっ、あのおじさんって透也くんの知り合い？　もしかして……お父さん？
少し近づいて目をこらすと、透也くんがこっちを見た。
一瞬、視線が合った気がしたけど、透也くんはすぐに顔をそらして、おじさんと

9

いっしょに、わたしの家とは反対の方向へさっていった。

次の委員会の日、わたしは、となりの席に座った透也くんに思いきって話しかけた。

「あの……この前、市立図書館の公園の前にいたよね？」

透也くんは一瞬、間をおくと、するどい口調で返してきた。

「……え？　なんの話だよ」

それ以上聞くな、という雰囲気を感じて、わたしは「あ、ううん。なんでもない」と首をふった。

委員会の始まりを告げるチャイムが鳴り、ポスターに使う画用紙や色鉛筆が配られた。

「えっと……おすすめの本、なにか見つかった？」

透也くんは無言で首をふった。

「じゃあ、これにしようと思うんだけど」

『コンビニたそがれ堂』を見せると、透也くんはすぐにうなずいた。

「それで、いいよ」

軽く返事をされて、さすがにムッときた。どうせ、めんどうくさいから早く決まればいいと思ってるんだろうけど、なんだか、わたしの本がバカにされてるみたい。

透也くんみたいにスポーツができて、学校でも目立っていて、自分が思っていることをはっきり言えるような人には、本なんて必要ないのかもしれない。

でも、ポスターには「すすめた人」として透也くんの名前も書くんだから、少しは読んでみてほしい。

「あの、ふ、藤沢くんも……この本、読んでみない？」

思いきって本を差しだした。心の中では透也くんと呼んでるけど、実際には言えるわけない。藤沢くん、って呼ぶのすら声がふるえた。

透也くんは表紙をじっとながめた。

「コンビニ……たそがれ堂？」

「ファンタジーなんだよ。大事なさがしものがある人だけがたどりつけるふしぎなコンビニのお話なんだ」
「ふーん」とつぶやくと、意外にも透也くんは本を受けとって、ページをめくりはじめた。
「『そのコンビニには　この世で売っている　すべてのものが　ならんでいて　そうして　この世には売っていないはずの　ものまでが　なんでもそろっている　というのです』……？」
透也くんが、プロローグを読みあげる。
「うん。この本の中に、お話が五つ入っていてね、人間になりたいネコや、こわれたテレビが主人公の話もあって、おもしろいよ」
「ネコや、テレビが？」
透也くんは顔つきを変え、さらにページをめくろうとしたけれど、急に手を止めてパタッと本を閉じた。
「やっぱいいや。そんなこと、現実には起こるわけねーし」
そしてまた、鉛筆を回しはじめた。

興味ありそうな感じだったのに……。なんだかおかしい。わざと本をさけているみたい。

ほかの子たちが作業を始める。わたしもまず絵を描くことにした。

物語の中で人間に変身するネコの「あんず」を想像しながら、画用紙に鉛筆をはしらせる。絵は苦手だけど、字だけじゃ目立たないからしかたない。

白い毛なみで、緑色の目で……。あれっ、なんかすごく「あんず」が丸くなっちゃった。

あせっていると、わたしの作業をチラチラ見ていた透也くんがのぞきこんできた。

「それって……白いタヌキ？」

「タ、タヌキじゃないよ。ネコだよ」

透也くんは、ふきだしそうになるのをこらえていた。

「おれ、絵の方は描こうか？」

「えっ……ほんと？」

うれしくて声がうわずる。わたしは本を透也くんに差しだした。

「じゃあ、この表紙をまねして描いてくれる？」
「わかった。おれ、左側半分に絵を描くから、時村は右側に文章書くことにする？」
「うん、そうしよう」
わたしが「あんず」の絵を消そうとすると、透也くんが止めた。
「それはそのままでいいじゃん。せっかく描いたんだし」
「う、うん」
透也くんは、あっという間に、銀色の髪のお兄さんの絵を描いた。
「なんでコンビニの中に小さい鳥居がいっぱいあるんだ？」
透也くんは、つっこみを入れながら、棚に置かれている小さな森や、海の水が閉じこめられたようなビンなども、本の表紙そっくりにさらさらと描いていく。ポスターの中のコンビニは、透也くんの描いたふしぎな品物でいっぱいになった。
「すごい……！　上手だね」
透也くんは鉛筆をくるっと回すと、「まあね～」と鼻をこすり、表紙をさらに見つめた。

「このコンビニ、変なモンばっか置いてあるんだな……」

ブツブツ言ってるけど、目をキラッとさせて色をぬりはじめた透也くんの横顔を見ていたら、初めてこの本を読んだときのようにドキドキしてきた。

透也くんが絵を描きあげると、わたしはその横に、おすすめのキャッチコピーを書いた。

――大事なさがしものがある人は、読んでください。たそがれ時にあらわれる、魔法のような奇跡を起こしてくれるコンビニのお話です――

夢中になって、続きの文章を書いていると、透也くんが言った。

「時村って、本が好きなんだな」

「べ、べつに。そんなことないよ」

思わずうそをつくと、胸がチクッといたんだ。

最後にポスターのすみに、「すいせんした人：六年一組　藤沢透也　六年四組　時村葉月」と、それぞれ自分の名前を書く。絵にくらべて字は下手だったけど、透也くんは満足そうにうなずいた。

「うん、カンペキ」

完成したポスターを、階段の踊り場の掲示コーナーにはることになった。ほかのみんなが作ったポスターとならべても、やっぱり、透也くんの絵はばつぐんに目立っている。

（だれか一人でもこのポスターを見て、『コンビニたそがれ堂』を読んでくれたらいいな）

じわっとうれしさがこみあげてきて、となりに立っている透也くんを見たら、「おれたちのが一番よくね？」と言って、ニッと笑った。

四

それから踊り場を通るたびに、ソワソワするようになった。

ポスターをながめている子がいれば心がうきたち、素通りされると思わず（足を止めて！）と念じてしまう。

そんなある日、下校の前に踊り場を通ると、ポスターに画びょうがさされているのが目に飛びこんできた。

「えっ……うそっ……」

透也くんとわたしの作ったポスターの絵のところに、画びょうが二つもさしてあった。

ほかのポスターにも、いくつか画びょうがさしてある。

ひどい！　なんでこんなことするの？

がんばって、みんなが作ったのに。

ふるえる手で画びょうをぬき、あいた穴をふさぐようにそっとなでた。

心臓がドクドクと鳴り、体に力が入らなくなる。

下校するほかの子たちが、踊り場を通りすぎて階段を下りていくと、わたしはその場にしゃがみこんでしまった。

しばらくすると、聞きおぼえのある低い声が聞こえた。

「あれ？　時村？」

見あげると、透也くんが立っていた。
「気分でも悪いのか？」
やさしい声を聞いて、ほっとしたけど、首をふることしかできない。
「どうしたんだよ」
透也くんがわたしの顔をのぞきこんでくる。でも、のどの奥がつまったみたいに言葉が出てこない。
「あっ、もしかしてこれか？」
顔を上げると、透也くんがポスターの穴の部分をにらんでいた。
「画びょうかよ。しょーもねえことすんなよなー」
透也くんは、わざと明るい声で言ったあと、「あ、いいこと思いついた」と、指を鳴らした。
透也くんについていくと、六年一組に入り、自分の机の引き出しから画用紙をとりだした。
「どうするの……？」

「まあ、見てな」
透也くんは画用紙を小さな四角に切ると、端の方にだけのりをつけて、ポスターの穴の上にはった。めくると、コンビニのふしぎな品物が見えるしかけだった。
「これで、穴も消えたし、前より目立っていいんじゃね？」
透也くんはポスターができたときと同じように、ニッと笑った。
「うん……。いい！　すごくいい！」
もう一つの穴の上には、わたしがとびらを作って、はった。
とびらを開くと、魔女がかぶるような三角の帽子が見え、ふしぎなコンビニっていう雰囲気がますますただよってきた。
わたしは、ただショックを受けていただけで、こんなアイデア、思いつきもしなかった。
さっきまで暗い気持ちでながめていたポスターが、生まれ変わって光っているみたい。胸の奥が、ジンと熱くなる。
ポスターを踊り場にはりなおすと、透也くんは、また小さなとびらを開けたり閉めたりして、「うん、いいね。絶対これ、のぞきたくなるよな」と、自画自賛した。

校門から出ると、わたしは透也くんに頭を下げた。

「今日は、本当にありがとう」

「いいって。おれだって、ポスターに穴あけられたまま転校するなんていやだったし」

透也くんがさらっと言ったひとことに、帰ろうとしていた足が止まった。

「えっ、転校って？」

透也くんは、逆におどろいたような顔でわたしを見た。

「あれ、知らなかった？　おれ、運動会が終わったら転校するんだ。クラスではもう発表されてるんだけど」

転校？　うそ……。

体が固まる。

「……まだ、六年生が始まったばかりなのに？」

「じいちゃんたちの住んでる田舎の方に行くことになってさ。本当は春休みに引っ越すって言われたんだけど、せめて最後の運動会まではこっちにいたいってお願いしたんだ」

そんな……運動会ってもう来週末だ。

どうして？　なんで、おじいさんの田舎に？

透也くんは、なにも言わなくなったわたしにとまどったようで、顔をのぞきこんできた。

「あのさ、前に市立図書館の公園の前にいたか、って聞いただろ」

「う、うん」

「あのとき……父さんをむかえに行ってたんだよ」

やっぱり、あれは透也くんだったんだ。

「お父さんを……むかえに？」

「あの日、父さんがいつもより帰ってくるのが遅くて、心配になってさ……」

透也くんはうつむくと、ぼそっと言った。

「父さん、働きすぎて……心の病気になったんだ」
「心の……病気？」
思わず息をのむ。
「すぐなおると思ってたんだけど、どんどん悪くなって、仕事にも行けなくなって……」
透也くんは、はきだすように言った。
「今は、本ばかり読んでる」
胸をドンとつかれたような気がして、ランドセルの持ち手をにぎりしめた。
「母さんは病院につきそったり、パートの時間をふやしたりして、大変なのに、父さんは、ずっと自分の部屋にいるか、図書館くらいしか外出できないんだ」
透也くんは、顔を上げると遠くを見るような目をした。
「母さん、もう限界みたいでさ。だから、じいちゃんとばあちゃんの家の近くに引っ越そうってことになったんだ」
透也くんは、わたしをチラッと見た。

「ごめん。本当はおれも……本、好きだったんだ。小さいころから、父さんが読んでくれたり、表紙の絵をまねして、いっしょに描いたりしてたこともあったし。でも、父さんがあんなふうになって、本のことを考えるのがいやになってさ……」

わたしは、『コンビニたそがれ堂』を透也くんに見せたときのことを思い出してうなずいた。

あのとき、興味を持ってくれた感じがしたのは、やっぱり気のせいじゃなかったんだ。

「おすすめの本……時村にまかせたくせに、そんなこと現実には起こらないなんて言ってごめん。おれも、奇跡が起きて、元気なころの父さんに、パッともどらないかな……なんて、何度も思ったから」

わたしも透也くんの目を見つめると、思いきって口をひらいた。

「実は……わたしも本が大好きなんだ」

胸が苦しくて小さな声しか出せない。

「あの日、図書館を出るとき、藤沢くんのお父さんがとびらを開けてくれていたのに、わたし、転んでしまったの。そしたら、お父さんが本を拾ってくれたんだ」
「えっ、そうだったのか？」
「うん。汚れをはらって、すごくていねいにわたしてくれた。わたし……転んでショックだったけど、やさしくしてもらって、うれしかった」
「へえ……父さんが……。そっか……」
透也くんは少しほっとしたような表情をうかべた。
「あのさ、『実は』って言ってたけど、時村が本を好きなの、バレバレだったぞ」
「えっ、そ、そう……？　っていうか、藤沢くんだって、バレバレだったよ」
二人で顔を見合わせて笑うと、透也くんの表情がふっと変わり、強いまなざしが風にふかれた水たまりのようにゆれた。
「母さんに、病気のことをいろいろ教えてもらって、今は父さんを見守るしかないってわかってるんだけどさ……。もうよくならないんじゃないかって、不安になったりするんだよな」
空が茜色に染まり、下を向いた透也くんの顔に木の影がさした。

「本当は、転校だってしたくねーし」
透也くんは聞こえないくらいの声で言うと、足元の小石をけった。
「でも、今日、時村と話せてよかった。父さんのことも、教えてくれてありがとな」
透也くんがいつもの笑顔にもどった。でも、わざと明るい声をしぼりだしているのが伝わってくる。
次の図書委員会は、運動会のあとだったはず。そのときは、もう透也くんは引っ越していて……二人で話せるのは、きっともうこれが最後だ。
どうしよう。
「あっ……そうだ」
わたしはとっさにランドセルを開けると、『コンビニたそがれ堂』を透也くんに差しだした。
「藤沢くん……！　この本あげる。よかったら、読んでみて」
ほおが熱くなって、体じゅうがドキドキと脈打つ。
「えっ、そんな。なんで？　大事な本なんだろ」

「わたしは何回も読んだからだいじょうぶ。ちゃんと、覚えてるし」
言葉がわたしの中から勝手に飛びだしていく。
この本は、行きづまっていたわたしを勇気づけてくれた。だから……今度は透也くんに持っていてほしい。
それに……つながっていたい。この本で。
「……じゃあ、ありがとう」
透也くんは、はじめてしゃべったときのように、ぺこっと頭を下げると、大きな手で本を受けとった。

五

運動会が終わった。
透也くんは、またリレーのアンカーだった。三位でバトンを受けたあと、二人を抜いて、ゴールテープを切った。透也くんが一組の応援席に戻ると、ひときわ大きな歓声と拍手がわきおこった。クラスメイトと肩を抱きあっている透也くんの姿を、わたしは四組の応援席から、ただ見ていることしかできなかった。

運動会の振替休日が明け、教室へ向かう途中、ポスターがはられている階段の踊り場で足を止めた。

透也くんと作った小さなとびらを、そっとめくってみる。

楽しかったな……。

ひさしぶりに昼休みに図書室へ行くと、真紀先生が教えてくれた。

「ポスターをはってから『コンビニたそがれ堂』の貸し出しが、一番のびてるよ」

ああ、透也くんに教えたい。

でも、もう、透也くんはいないんだ。

放課後、わたしはもう一度『コンビニたそがれ堂』のポスターの前に立った。

今までは、もし「たそがれ堂」があれば、本に夢中になって、まわりのことに気づかなくなるわたしの失敗をすべて消してほしかった。でも、胸に穴があいたようなこの気持ちに比べれば、そんなのもう、どうでもいい。

今の願いはただ一つ。

「お願いします。もう一度、透也くんに会わせてください――」

その願いを口にしたとたん、おさえていた思いが体の奥からこみあげてきた。

わたし――いったい、いつまでこんなことばかり続けてるの？

本が好きなのをかくして、言いたいことも言えずに、おびえてばかり。透也くんの連絡先すら聞けなかった。こんなときにさえ、本のまねをして祈ることしかできないなんて……。

なさけなさ、くやしさが次から次へとこみあげてくる。目が熱くなり、涙があふれでてきた。にぎやかだった校舎の中が静かになり、下校していくみんなの声や足音が小さくなっていく。

気がつくと、わたしは一人で階段に立ちつくしていた。涙がぽたぽたと、足元に落ちている。

もう、泣いたって、祈ったって、透也くんには会えない。
なにか……今からでもできること、ないのかな。
涙を手の甲でぐいっとぬぐうと、昇降口に向かった。
スニーカーをはいて外に出ると、そこには透也くんが立っていた。
「時村！」
えっ、どうして……？
おどろきで言葉が出ない。
本当に、透也くん？　願いが……かなったの？
「よかった。見つかって」
透也くんは、ふぅと息をついた。
「どうしたの？　もう引っ越したんじゃ……」
「今日が最後だったんだよ。だから、時村に本を返そうと思ったのに、四組にいなかったから、さがしたんだぞ」
透也くんはランドセルから紙のカバーがかけられた文庫本をとりだすと、わたしに差しだした。カバーをとると、表紙がツヤツヤの『コンビニたそがれ堂』だった。
表紙の絵が、コンビニの店内とお兄さんから、白いワンピースを着た女の子と白いネコに変わっている。このネコは「あんず」で、この女の子は……そう、きっと人間に変身した「あんず」にちがいない。
「もしかして、買ってくれたの？」
「うん。おれは時村にもらった本を持っておきたいから」
心臓がトクンと鳴る。
「……ありがとう」
表紙を何度もなでた。まるで魔法にかけられたような気がする。
「あのポスターをはってから、貸し出し回数が一番のびてるって、真紀先生が言ってたよ」
「へえ～やったな！　おれも、ちゃんと読んだよ」
「ほんと？」
「ポスターに時村が描いてた白いタヌキの話、泣けたわー」

「ネ、ネコだよっ」

湿り気をおびた風がふき、グラウンドのいちょうの木が、さわさわとゆれた。

昼間は真っ青だった空の色が少しうすくなり、雲が流れていく。

「じゃあ、おれ行くよ」

透也くんが手を上げて、歩きだした。

もらった本を持つ手が熱くなる。胸がおしつぶされるように苦しい。

わかってる。こんな魔法みたいなことなんてもう起こらない。

いつも小さなことにウジウジして、奇跡を祈ってばかりのわたしには、なんのチャンスもおとずれることはないだろう。

光の当たる場所にいる人とか、わたしとは世界がちがうとか決めつけて、自分が傷つくのをこわがっていただけのわたしには。

たとえ傷ついたって、自分の気持ちを伝える強さがほしい。

「たそがれ堂」が、背中をおしてくれている気がする。

本は、逃げ場所だけじゃなくて、いつもわたしに勇気をたくさんくれた。

ことわられても、思いが届かなくても、勇気だけは、きっと残る。
わたしの中に、残るはずだ。
「待って！」
振りむいた透也くんの顔を見ると、心臓が破裂しそうにドキドキして、息が苦しくなった。
でも……もう、なにも言えずに祈っているだけなのはいやだ！
「連絡先……教えて！」
透也くんは笑ってうなずくと、ランドセルから青い鉛筆とメモ帳をとりだした。
「おれ、まだ携帯持ってねえから」
そして鉛筆をくるっと指先で回すと、新しい住所を書きはじめた。
もらった本をぐっと胸に引きよせる。
「あ、あのっ……。手紙書いてもいいかな」
「へっ？　手紙？　なんか、時村らしいかも」
透也くんは、くしゃっと笑うと、メモ帳を切りとってわたしてくれた。

「またな」

家に帰ると、透也くんにもらった本と、連絡先のメモをかかえて、階段をかけあがった。

飛びこむように部屋に入る。ドアを閉めると、声がもれた。

「言えた……！」

まだドキドキしていて、本の表紙に手のあとがつくくらい、体が熱くなっている。

――きっと、また会える。

わたしは、表紙をなでると、ずっとあいていた本棚のすきまに、『コンビニたそがれ堂』をおさめた。

またな――。

透也くんの声が耳によみがえり、わたしはもう一度、本を手にとった。

そして、今度は表紙が見えるように、そっと本棚に立てかけた。

この物語に登場する本

『コンビニたそがれ堂』（ポプラ文庫ピュアフル）村山早紀著　ポプラ社

走(はし)っていくよ

松本聰美(まつもとさとみ)

一

学校の帰り、バス通りを早足で歩く。前を行くのは同じ六年一組の大月さんたち三人。キャッキャッと、ここまで笑い声が聞こえてくる。大月さんたちグループは、いつもパッと花が咲いたみたいに華やか。

「さよなら」

わたしは、三人を追いこしていく。

（今日こそ真衣ちゃんからメールが届いているはず）

真衣ちゃんとは幼稚園のころから大の仲よし。でも夏休みが始まってすぐ、真衣ちゃんはお父さんの転勤で、イギリスに引っ越してしまったんだ。二か月前のことだ。

出発の日、真衣ちゃんはわたしの手をにぎっていった。

「メールやスカイプで、今まで通りおしゃべりできるよね」

スカイプは時差があるから一回したきり。でもメールは、真衣ちゃんから毎日のようにきた。「さびしいよう，綾香に会いたいよう」って。
だのに、もう十日もメールの返信がないのだ。
（どうしたんだろう。病気かもしれない……）
どんどん足がはやくなる。
「竹内さーん」
「竹内綾香さーん」
後ろで声がした。ふりむくと、大月さんたち三人が走ってくる。大月さんのピンクのキュロットがひらひらゆれている。
大月さんは、わたしの前でトンと止まった。
「あたしたち明日、パピコの土曜セールに行くの。いっしょに行かない？」
「えっ、わたし？」
三人がそろってうなずいた。パピコは最近、駅前にできたファッションビル。おしゃれ大好きな三人が、わたしをさそうなんてふしぎ。わたしの髪はずっとショートボブ。服はパンツにTシャツ、パーカーをはおるというのが定番なのに。

東さんがツインテールをなでながらいう。
「真衣ちゃんがいなくなって、竹内さん、ひとりでしょ。だからみんなでさそおうって」
「まじめな竹内さんと、あまえんぼ真衣ちゃん、いいコンビだったのにね」
そういったのは、いつもどこかにフリルのついた服を着ている松田さん。
大月さんが、みんなを見まわした。
「これで十月のバス遠足、ふたりずつすわれるね」
あ……そういうことか……と、思った。
「明日は、ママとおでかけするの。ごめんね」
気がついたらいっていた。
「じゃあ、しかたないね。またこんどね」
大月さんは明るい顔で手をふってくれた。わたしも手をふりかえして歩いていく。
（ひとりなんかじゃないのにな）
空を見あげて、遠くの真衣ちゃんに声をかけた。

（はなれてたって、つながってるのにね）

「ただいまー」
玄関ドアを開けると、
「おかえりー」
ママの声が聞こえた。
リビングをのぞいたら、ママがテーブルの上でパソコンを開いている。
「真衣ちゃんからメールきてた？」
「きてるみたいよ」
「わあっ、うれしい！　ねえ、いつ見られる？」
「これ、すぐに終わるから。そしたらね」
「オッケー」
わたしは二階の部屋にかけこんだ。机の横にランドセルをかける。
階段を走っておりて、リビングに入ると、ママはもう庭で花に水をあげていた。

わたしはわくわくする気持ちでマウスを動かした。メールの件名は〈元気？〉。
いそいでクリックする。
――ハーイ、真衣だよ！
真衣ちゃんの顔が見えるみたい。
――夏休みにね、サマーキャンプに参加したの。三つもだよ。写真、添付しまーす！
このあとキャンプの話がつづく。真衣ちゃんのはずんだ気持ちが伝わってくる。
添付の写真を開いた。
髪の色も肌の色もちがう子たちと真衣ちゃんが顔をよせて笑っている。きゃあきゃあと声が聞こえてきそう。
わたしはメールをとじた。パソコンをシャットダウンする。
部屋にもどって、ベッドにねころがった。
（わたしのこと……なんにも書いてなかった……）
真衣ちゃんが、すうと遠くに行った気がする。
しばらくして、階下からママの声がした。

「夕飯、〈マハラジャ〉へ、インドカレー食べに行こうか。パパ遅いんだって」
「……うん……いいよ」
わたしは起きあがって、ポシェットを肩にかけた。真衣ちゃんとおそろいで買ったポシェット。玄関でスニーカーをはいた。真衣ちゃんが、かっこいいってほめてくれたスニーカー……。

〈マハラジャ〉は川ぞいの遊歩道を十分ほど行ったところにある。わたしとママはならんで歩いた。なにもしゃべらないわたしを、ママは変だなと思っているかもしれない。
ふいにママがいった。
「あんなに暑かったのに、ちゃーんと秋になってるね」
近くの草むらで虫が鳴いている
「季節はいつだって前に向かってる。前に向かうっていいよね。今までとちがう景色が見えてくるもの」

ママは、歌うようにつづける。

「後ろの景色はなつかしい。前の景色は、わくわくする――これ、どの本に書いてあったかなあ」

〈マハラジャ〉のオレンジ色の光が見えてきた。

ドアを開けると、店の中はインドカレーの香りでいっぱい。

わたしとママは、奥の二名席に案内された。前を見て、あっと思った。ちょっとはなれたテーブルに、大月さんたち家族がすわっている。大月さんがこっちを向いた。「あれえ!」って口の形をして、手をあげている。わたしもちょっと手をあげた。

焼きたてのナンをちぎって豆カレーをすくって食べる。辛さで胸がホカホカしてきた。ぽろりと声が出た。

「真衣ちゃんね、サマーキャンプに行ってたんだって……楽しかったって……」

ママは、スプーンを持つ手を止めていった。

「病気じゃなくてよかったね」

「うん……」
わたしは、がんばってうなずいた。
大月さんがドアのほうへ行く。もう帰るみたい。
さっきママがいった言葉が思いうかんだ。
——後ろの景色はなつかしい。前の景色は、わくわくする——
思いきって立ちあがった。大月さんのところに歩いていく。
「明日、わたしも行っていい？」
「えっ、ほんと？」
うれしい——と大月さんが手をにぎってくれた。

待ち合わせはバス停に十時。五分前につくと、もうみんなそろっていた。
「竹内さん、来れてよかったね」
東さんと松田さんも喜んでくれた。
バスの中で四人、ひそひそしゃべって、くすくす笑った。「友だち」って感じが

した。

（前に進んだんだ、わたし）

バスが駅前についた。

パピコは大にぎわい。ショーウインドウのマネキンは、どれも秋色の洋服を着ている。ティーンズのお店に入ったとき、大月さんがワイン色のカットソーを、わたしの前にあてた。

「うわあ、よくにあう」

東さんが真っ白なベレー帽をわたしの頭に乗せてくれた。赤いエナメルのポシェットを肩にかけてくれたのは松田さん。

今まで着たことのない色、試したことのないファッション。わくわくした。でも、なんだか自分じゃないみたい。落ちつかない気分だった。

お昼は、ハンバーガー屋さんに入った。

食べおわると、大月さんが声をひそめていった。

「でさ。佐川さんのことなんだけど……」

佐川さん？――とつぜん出てきた名前に、ちょっとおどろいた。

佐川さんは、六月の初めに転校してきた子だ。髪がベリーショートで、すっと背中をのばして歩く。「すてきな子」って、最初はみんなが話しかけたけれど、困ったような顔をするだけだった。それで、そのうちだれも近よらなくなった。休み時間はいつも窓辺で外を見ている。ときどき「あっ」て声をあげたり、ひとりごとをいっているみたい。このごろは、「変わった子」っていわれている。

大月さんたちが、顔をよせてしゃべっている。

「わたしね、また聞いちゃった。ミツルっていってるのを」

「ミツルって、男の子の名前でしょ」

「この前は、リュウジっていってたよ」

大月さんが、わたしに目を向けた。

「竹内さん、生活委員だよね」

今の話と、どう関係があるんだろ――と思ったけれど、こくりとうなずいた。

「佐川さんね、通学路じゃない道を通って帰ってるみたい。いけないことだよね」

「ほかの学校の子と遊んでいるのかも」
たしかに生活委員の掲示板に、「登下校を安全に」というポスターがはってある。
三人は、佐川さんに注意をしたほうがいい、そしてそれをするのは生活委員、わたしの役目だ、といった。
家に帰ると、ぐったりつかれていた。楽しかったはずなのに……。大月さんたちは、いじわるな子でも、いやな子でもないのに……。

二

月曜日。
わたしは佐川さんから少しはなれて校門を出た。
「まず、どこへなにをしに行っているのか知らなければ」、そう思ったからだ。
佐川さんははずむように歩いていく。青信号でバス通りをわたる。そのあと、通りにそって少し歩くと、すっと脇道に入った。鳳神社につづく道だ。この道は暗くなったらひとりで歩かないようにと、先生から注意されている。
胸がドキドキしてきた。
佐川さんは鳳神社の横の細い坂道をのぼっていく。高い木にはさまれたうす暗い道。
わたしは、この道を初めて歩く。
佐川さんは歩きなれているみたい。ぐいぐいと山道を行く。
（どこまで行くんだろう）
遅れないように必死に歩いていると、前が明るくなってきた。ざわざわと風がふいて、あたりがパッと広くなった。ついたところは小さな広場だった。石のベンチや、大きな切り株のイスがある。人はだれもいない。
「なにかわたしに、用？」
ふいに声をかけられた。佐川さんがこっちを見ている。
「あ、あの、わたし……」
「知ってたよ。あと、つけてるの」

「そ、そうなの？」
「休み時間もそうじの時間も、ちらちらとわたしのこと見てたでしょ」
「そ、それは……」
どぎまぎするわたしのようすがおかしかったのかもしれない。佐川さんがクスッと笑った。
「ここね。西の空が、大きく見えるの」
佐川さんは、つらなった屋根の向こうを指さした。空が一面に広がっている。
「今ごろだと、五時すぎから、赤くなっていくよ」
「夕焼け見に来てるの？」
「夕焼けまではいられない。家の手伝いがあるから」
「じゃあ、なんで、ここに……」
佐川さんは、だまったまま西の空に目を向けている。わたしは佐川さんの背中にいった。
「あの、わたし……生活委員だから、寄り道はいけないよって……」

「そうか。竹内さん、生活委員だものね。だからついてきたんだね」
「それだけじゃあ、ないけど……」
いいながら、なんでこんなに一生懸命あとを追ってきたんだろう、って考えた。
「……佐川さんのこと……心配だったから……」
ぽつりと声が出た。
「えっ？」
佐川さんがふりかえった。
するすると風がふいてくる。しばらくして、佐川さんがいった。
「ここに来ると、ほっとするの。ミツルの声もゆっくり聞けるしね」
わたしは思わずまわりを見まわした。近くにだれか、かくれているんだろうか。
「ミツルは見えないよ。人間じゃないから」
「ええっ！」
「ミツルは、風なんだよ」
「か、風？」

引っ越してすぐのころ、町を探検していてこの場所を見つけたって、佐川さんは教えてくれた。

「めったに人が来ないから、ミツルといろんなことが話せるの」

そういってから佐川さんは、わたしのほうへ顔を向けた。

「風と話をするなんて変な子って、今、竹内さん、思ったでしょ」

ううん――って、首を横にふれなかった。

「わたし、変な子って思われてていいの。だれも話しかけてこないでしょ。いろいろ聞かれるの、めんどうだもの」

佐川さんは、切り株のそばによって、なでた。

「教室でしゃべらないぶん、ここでしゃべるんだよ。〈きりかぶさくぞう〉じいさんとも話すよ」

「〈きりかぶさくぞう〉じいさん？」

わたしは、切り株をまじまじと見た。直径が一メートルほどもありそうな、大きな切り株だ。

「そうだ、竹内さん。風が書いた詩、聞いてみる？」
「風が……詩を書く……？」
わたしはあっけにとられて、つったっていた。
佐川さんはランドセルを切り株の上に置くと、中から一冊の本を出した。胸の前で開いて、舞台でお芝居をする人みたいに声を出す。

「し」をかくひ

かぜみつる

ゆうべ
くりのきのとこ　とおったら、さ
みのむしのやつ　ないているのさ
こわいゆめ　みたのだって
まだちいさいし、な

むりないよ

おれ　あしたのぶんに　とっておいた
そよかぜをだして　ゆすってやった
みのむしのやつ　わらってねむったぜ

あんまり　かわいくて、さ
とうとう　そよかぜ　ぜんぶ
つかっちまって、さ
だから　おれ　きょう　おやすみ
ひまだから「し」かいてるの

〈かぜみつる〉の詩はここで終わった。
「どうだった？　竹内さん」

「ど、どうって……」
佐川さんが、じっとわたしを見ている。
「ごめん……。詩は、教科書でしか読んだことがないから……」
そのあと、いそいでつけくわえた。
「物語の本を読むのは好きなんだけど……」
「じゃあ、詩集も一度読んでみて。詩ってね、読んだあと、体の中が動くの。きゅーっと胸がよじれたり、ぽおっとおなかがあったかくなったり、ふわりと体がうきあがりそうになったり……」
教室でだまっている佐川さんが、次つぎにしゃべる。
「詩って、人によってぴったり合うのと、そうでないのがあると思うの。詩って〈心の鍵〉だなって、わたし思うんだ」
「心の鍵？」
「そう。その人の心の鍵穴にぴったり合うと、キーッと心が開いていくの」
そういってから、佐川さんは首をかしげた。

「キーッとじゃないかもしれない……ぱあーっと開く……うん、このほうが、ぴったり！」
佐川さんの目が、キラキラしている。
「そうだ」
佐川さんは持っている本をわたしの前に出した。
「竹内さんも、これ、読んでみない？」
文庫本ぐらいの大きさの本だった。
『ポケットのはらうた』とタイトルがついている。表紙にカマキリの絵がかいてある。
「これ、リュウジ。かっこいいんだよ」
リュウジ――大月さんたちがいっていた名前だ。
「この本には、野原にいるみんなが書いた詩がのっているの。今の〈かぜみつる〉みたいに、虫や木や花たちがどんなこと思っているか、わかるんだよ」
佐川さんは『ポケットのはらうた』を、ぐっとわたしに近づける。

「木とか草とか風が、今、どう思ってるかなって考えると楽しいよ」
わたしは、そろそろと本を受けとった。
佐川さんの顔がパッと明るくなった。
「あっ、見て！」
佐川さんが西の空を指さした。雲のはしがオレンジ色になっている。
「きれいでしょ。でも、もうわたし帰らなきゃあ」
佐川さんはなんだか残念そう。詩の話をもっとしたかったのかもしれない。
ふたりで山道をおりていく。
「わからないなと思う詩でも、十回は、読んでみて。あきらめないでね」
うん――わたしは小さく返事した。
バス通りで別れるとき、佐川さんはわたしと向きあって立った。
「詩って、長いお話を読む元気のないときでも読めるんだよ。だからね」
「だからね」って言葉に力が入っていた。どうしてだろ、って考えていたら、佐川さんは、つづけてこんなことをいった。

「明日も、尾行してくれる？　そして、さっきのところで本を返して」
わたしは、うなずいた。
「じゃあ、明日ね」
佐川さんが帰っていく。わたしはしばらく佐川さんの後ろ姿を見ていた。
（佐川さんって、ふしぎな人）

三

家に帰ると、ママは台所にいた。
真衣ちゃんから、メールきてた？――いつものように聞こうとして、気がついた。わたしはまだ真衣ちゃんに返信をしていない。
（もう少ししてから書こう。明るく書けるようになってから書こう）
二階の部屋に入って、佐川さんの本をランドセルから出した。ベッドにもたれて、ページをめくっていく。

目次に〈へびいちのすけ〉だの〈みのむしせつこ〉っていう名前がならんでいた。〈いしころかずお〉というのもあった。佐川さんがいったように、作者はみんな野原にいる草や虫、動物や自然のものだった。

〈きりかぶさくぞう〉という名前もあった。「あれっ」と、思った。

名前のついた大きな木――そんなお話をずっと前に読んだことがある。

本棚の前に行った。背表紙を順に見ていく。

動物や木を友だちにしている女の子の話だった。実話だと書いてあって、びっくりしたのをおぼえている。

「あった！　この絵本だ」

『オーパル　ひとりぼっち』――帯に、〈これは5歳の女の子の日記です。〉とある。

わたしは、本を最初から読みはじめた。

オーパルは継母に育てられている。本当の両親は死んでしまったのだ。いじめられて、つらくさびしい毎日。それをなぐさめてくれたのが、木や花や動物たちだった。

ページをめくっていく。
オーパルは、大きな木に〈ラファエル〉って名前をつけていた。
——たましいを　もっていて、あたしの　きもち　わかってくれるの。——
オーパルは悲しくなると、この木と話をする。
ふっと、山の広場で切り株をなでた佐川さんを思いだした。
子牛の〈ブラウニング〉のところで、目が止まった。
お母さんからはなれてモーモー鳴く子牛がかわいそうで、オーパルはうでを首にまわしてあげる。
——かなしい　きもちに　なった　とき、そばに　ともだちが　いるのって、とっても　いい　ものよね——
わたしは、ここをなんども読んだ。

四

次の日、放課後になるのが待ちどおしかった。『オーパル　ひとりぼっち』のことを早く佐川さんに話したかった。

中休みの時間、大月さんたちが「どうだった？」って聞いてきた。わたしは、「ちょっと、時間がかかりそう」なんて、意味不明な答えかたをした。でも三人は「がんばって」って、わたしの手をにぎってくれた。

放課後、校門を出て、佐川さんのあとを追っていく。山道に入ったところで、わたしは佐川さんに追いついた。

「わたしね、佐川さんみたいに、動物や木とお話しする子、知ってるの」

「えっ」

「オーパルっていうの」

わたしは、『オーパル　ひとりぼっち』の話をした。

「その子は、悲しいとき、木と話すのよ」

そういうと、佐川さんは、それにはなにもいわないで、

「きのうの本、読んだ？」

って、聞いてきた。
「読んだよ」
「好きな詩はあった？」
「好きかどうかは、わからないけど、かわいいな、と思うのや、へえ、そうなんだと、思うのはあったよ」
わたしは〈いけしずこ〉さんの詩のことを話した。

えがお

いけしずこ

うれしいことがあると
こころのなかに
さざなみが　ひろがります

さざなみは
わたしの　えがおです

「わたし、これから池に波が立っていたら、ああ、池が笑ってる、うれしいことがあったんだなって、思えるよ」
「よかったあ」
佐川さんは、心の底からうれしそう。それからこういったんだ。
「あっ、竹内さんも、今、笑顔になってる」
わたしは、このときハッと気がついた。
（今まで感じられなかったことが、感じられる――心の鍵が開くって、こういうことなのかも）
胸の奥から、あったかいものがわきあがってくる。
山の広場についた。
佐川さんは、待ちかねたようにランドセルをベンチの上におろすと、

「今日は、別の本を持ってきたの」
中から一冊の本をとりだした。そのとき、ランドセルにぶらさげているカードケースの写真が、ちらっと見えた。
「赤ちゃんだ」、思わず声が出た。
佐川さんは、そのカードケースをさっとランドセルの中に入れる。そして、なにもなかったように、「これも、詩集よ」といった。
本のタイトルは、『また すぐに会えるから』。
佐川さんは、わたしの体に手をそえて、西の空に向けて立たせた。
「いい？　読むからね。まっすぐ空を見て、聞いてて」
佐川さんの声が、後ろから聞こえてくる。「手を振る」っていう詩だった。
――空を　かきまぜるほど　高く　高く　手を振ると　また　すぐに会えるから――
そういう言葉から始まる詩だった。
「いっしょにやってみようか」
佐川さんがいった。

わたしたちは、西の空に向かってならんだ。そして、高く手をのばした。詩にあったように、空をかきまぜるみたいに、ぐるぐるとうでをまわす。

ひとしきり手を振ると、佐川さんがいった。

「イギリスは西の方向だから、竹内さんの気持ち、真衣ちゃんに届くよ」

「えっ」

思わず、佐川さんの顔を見た。

(佐川さん、わたしのこと、気にしててくれたんだ……。だからきのう、「だからね」っていって、詩をすすめてくれたんだ)

佐川さんがベンチにすわった。わたしもランドセルをおろして、そのとなりにすわった。

西の空にうすい雲が広がっている。

「わたしね、お父さんに手を振ったんだよ。わたしが小さいときに死んじゃったから」

わたしは佐川さんを見た。佐川さんは、まっすぐ前を向いている。

「でも、ときどき夢に出てきてくれるんだ。死んだ人は、西の空の向こうにいるんだって。だから、ここで手を振るの。また夢で会おうねって」

佐川さんは、ランドセルからさっきのカードケースをとりだした。

「これ、わたしの今の家族」

ケースの写真には、赤ちゃんをはさんで男の人と女の人、そして佐川さんが写っていた。

「妹だよ」

赤ちゃんに顔をよせるようにしているお母さん。ふたりに手をそえているお父さん。

「お母さん、佐川のおじさんと結婚したの」

佐川さんは、さらりといった。

わたしは、もう一度写真を見た。気のせいだろうか。佐川さんは、三人からちょっとはなれて立っているような気がする。まぶしそうに顔をしかめて、でもちゃんと笑っている。

「最初はとまどったけど、佐川のおじさんは、すごくやさしいの。赤ちゃんもかわいい。ギャーギャー泣くけどさ」
「たいへんだね」
そういったら、佐川さんがすばやくいった。
「さびしくなんてないよ。わたし平気なんだから」
わたしは、赤ちゃんが泣いてたいへんだね、っていったのに……。
佐川さんはわたしの前に『また　すぐに会えるから』を出した。
「竹内さん、この詩集、持ってかえる？」
「うん」
わたしはすぐに返事した。佐川さんが好きだという詩集を読んでみたい。
借りていた『ポケットのはらうた』を返そうとして、手を止めた。
「これも、借りていいかな？　もう一度、読みたいから」
「いいよ！」
佐川さんは、いきおいよく返事した。

気がついたら、西の空が赤くなっている。
「ああ、もう帰る時間になっちゃったね」
「竹内さん、生活委員だもの。ばれたら、まずいよ」
佐川さんが立ちあがった。
ふたりで坂道をおりていく。
帰り道、佐川さんは、自分からいろんなことを話してくれた。二冊の詩集は引っ越す前、担任の先生がくれたんだって。それから詩を読むようになったんだって。
バス通りについた。
「じゃあね」
佐川さんが歩きだす。背中をピンとのばして歩いていく。

五

夜、部屋で詩集『また すぐに会えるから』を開いた。

佐川さんは、「わたしを」っていう詩が好きなのかもしれない。しおりがはさんであった。

こんな詩だった。

わたしを

あなたの
描く　風景のなかに

わたしを　入れてください
あなたにだけ
わたしと　わかるように

それから
まっすぐな道を　描いてください

あなたが
絵筆をおいて

わたしのところへ
走って来られるように

佐川さんは、お母さんに走ってきてほしいのかもしれない。
わたしはだれに走ってきてほしいんだろう。真衣ちゃん？
――わからないときは、十回読んで――
佐川さんがそういったから、わたしはこの詩を十回読んだ。そしたら、ふっと思えたんだ。わたしは、向こうで「待っている人」じゃなくて、「走っていく人」なのかも……。

次の日、学校に行く道で、前を行く大月さんたちを見つけた。わたしは三人を追いかけて、話した。

「佐川さんのこと、わかったよ。山の上へ西の空を見に行ってたんだよ」

『ポケットのはらうた』のことをいって、ミツルは風で、リュウジはカマキリだって話した。

三人はいっしゅんポカンとして、それからいったんだ。

「佐川さんって、やっぱり、変わってるね」

「でも、風と話をするなんて、ちょっと楽しそう」

「そうだよね！」

三人は相変わらず、にぎやかで、楽しそう。

わたしは教室に入ると、席についている佐川さんのそばへ行った。

「ねえ、今日も、ふたりであそこへ行こうか」

佐川さんはびっくりした顔をした。クラスの子たちがこっちを見ている。わたしはつづけていった。

「家にランドセルを置いてから行こうよ。そしたら寄り道にならないでしょ」

佐川さんはふわりと、花が開くみたいに笑った。

家に帰って、真衣ちゃんにメールを打った。

――わたしね、こんど会ったとき、いっぱい話したいことあるよ。これからどんどんふえていくと思う。楽しみにしててね。

真衣ちゃんも、わたしに話すことをたくさんつくっていきそうだ。

――じゃあね。またね。

パソコンをシャットダウンした。

ふわりと風がふいてきた。

〈かぜみつる〉くんが耳もとでいっている。

（綾香、早く行かなきゃ、あの子待ってるよ）

わたしはいそいでポシェットを肩にかけた。
「ママ、行ってきまーす」
お気に入りのスニーカーで走っていく。
詩集二冊を持って、佐川さんがいる山の広場へ、走っていく。

この物語に登場する本

『ポケットのはらうた』　くどうなおこ詩　ほてはまたかし画　童話屋

『また　すぐに会えるから』　はたちよしこ詩　大日本図書

『オーパル　ひとりぼっち』　オーパル・ウィットリー原作
ジェイン・ボルタン編　バーバラ・クーニー絵　やぎたよしこ訳　ほるぷ出版

ぬすまれた時間と金色のパン

工藤純子

一

「ナイッシューッ！」
青空に、うおーっと歓声がわきあがった。
「やったぜ、和弥、逆転だ！」
「よっしゃーーー！」
和弥は、こぶしをにぎりしめ、ガッツポーズをした。
六年生になってはじめての試合で、シュートを決めたのがうれしくて、サッカーグラウンドを走りまわった。後半で同点に持ちこみ、ラスト数分で逆転のゴールを決めるのは最高の気分だ。
ピーッと笛が鳴り、チーム全員、空に向かってこぶしをつきあげた。
「じゃーなー」
地元のサッカーチーム、レッドフェニックスの仲間に手をふって、和弥は家に向かった。応援に来ていた母さんが、「今日はごちそうにするね」と言って、先に帰ったから楽しみだ。

「あれ、卓？」

同じサッカーチームの卓が歩いていた。振りむいたその手には、単語帳を持っている。

「よお、和弥。試合、どうだった？」

卓は、当たり前のように聞いてきた。泥だらけのユニフォームを見れば、試合の帰りだってことは、ひと目でわかるか……と思いながら、和弥は親指をつきたてた。

「バッチリ勝った！　それよりおまえ、最近練習に来ないし、どうしたんだよ」

「ああ……」

卓は、少し気まずそうな顔をした。

「監督が、やめるなって言うから、名前は残しているけど……来年の二月まで練習に出られないから、やめたようなものかな」

「どうして？」

和弥は眉をよせた。学校はちがうけど、同じ六年生だし、二年生のときからいっしょにがんばってきた仲間だ。卓がサッカーをやめるなんて信じられない。

「ごめん、言おうと思ってたんだけど……実は、中学受験をするから、塾に行く日を増やしたんだ」

「受験？　サッカー、やめんの？」

和弥は目をまたたいた。

「うん」

「マジで？」

「将来のこと、ちゃんと考えろって、親もうるさいし」

「将来？」

卓がそんな言葉を口にするのが不思議だった。

「このままサッカー続けても、先が見えてるし。和弥だって、まさか本気でサッカー選手になれるなんて思ってないだろ？」

え……と、言葉につまった。

このあいだ、「将来の夢」という作文で、「サッカー選手になりたい」と書いたばかりだ。でも、それを言うと笑われそうだから、あいまいにうなずいた。

「和弥は、受験しないの？」

「しないよ」

「どうして？」

そんなことを考えたこともなかった和弥は、どうしてと言われても答えようがなかった。

「和弥、算数が得意だって言ってたじゃん。六年生になったばかりだし、今からがんばれば、まだ間にあうと思うけど」

「まぁ、でも、オレは……」

あんなに仲がよかったのに、卓が知らないやつみたいに見える。

「卓は、将来の夢とかないの？」

和弥は、うかがうように聞いた。

「夢かー。夢よりも現実を見なくちゃな」

「現実って？」

「だってさ、これから、AIが人の仕事をどんどんやるようになるっていわれてるじゃないか。ってことは、仕事が少なくなるわけだから、それに備えておかないとって、父さんが」

卓って、こんなことを言うやつだったっけ。

冗談だろって笑いたかったのに、顔が引きつった。

「あ、ヤバい、遅刻しちゃう。じゃあな」

そう言って、卓は単語帳を見ながら駅のほうに行ってしまった。

後ろ姿を見送りながら、さっきまでほてっていた体が、すうっと冷めていった。

「オレ、中学受験、してみようかな……」

夕飯が終わって、和弥はぼそっとつぶやいた。

卓に言われたことが、なんだか気になっていた。それに、和弥が行く予定の公立中学のサッカー部は、人数が少ない弱小チームといわれている。だから、サッカー部が強い中学に行くというのも、アリかなと思ったのだ。
でも、きっと母さんは、「お金がかかるんでしょう？」と反対するに決まっている。父さんも「中学なんて、公立で十分だ」というタイプだ。
親に反対されれば、あきらめもつくだろうと、軽い気持ちだった。
「受験するの？」
テーブルの上を片づけながら、母さんがきょとんとした。
「本当に？」
「え、うん……」
勢いに押されてうなずくと、母さんは引き出しの中から、書類の束をごっそりと取り出してきた。
「ほらね、和弥は、やるときはやるんだから」
父さんにほほえみながら、どうだと言わんばかりに、テーブルの上にドサッと置いた。ならべはじめたのは、進学塾のパンフレットだ。
「これって……」

「いつそんなことを言い出してもいいように、集めておいたのよ」
「う～ん、まさか、和弥から言ってくるとはなぁ」
父さんが、とまどったようにうなる。
「でも、やる気になるのはいいことだ。父さんたちは、和弥がやりたいって言うなら、なんだって応援するからな」
いきなりプレッシャーをかけられた。本当は、まだ心の準備なんてできてなかったのに……。
「お母さんたちのころとちがって、今は、中学受験なんてめずらしくないもんね」
「自分でやりたいって言ったんだから、しっかりやるんだぞ」
「う、うん」
返事をしながら、心の中がずっしりと重くなったような気がした。

二

塾に通いはじめた和弥は、その忙しさにおどろいた。

週に四日も授業があるのに、毎回、宿題が出る。その上、クラス分けのテストも毎週あった。

塾の中には、同じ学校のやつもいたけれど、あまり話したことがない。みんな四年生か五年生から通っていて、すでに仲よくなっていた。

だから和弥は、テキストを見るふりをして、みんなのおしゃべりを聞いていることが多い。

「大学付属に行けば、もう受験しなくてすむから楽だよな」

「合格したら、なんでも買ってくれるって言うからさぁ」

「友だちに、同じところを受けようって誘われて」

受験の動機はさまざまだ。

和弥はどこの中学を受けるか決めてなかったから、第一希望から第三希望まで、父さんと母さんが選んだ。和弥の希望は「サッカー部が強いところ」だったけれど、「サッカー部があればいいんだろ？」と、なんとなくいいかげんな返事だった。

そんなことを考えていたら、先生がやってきて、すぐに授業がはじまった。

教室がしんとして、和弥もあわててノートを開く。

家に帰るのは、八時半くらい。それからご飯を食べて、学校の宿題をして、塾の宿題をして、お風呂に入ってから、また続きをやって。

こんなことで、いいのかな……。

ふいに疑問が浮かぶけれど、じっくり考えるひまなんてないほどへとへとで、机につっぷして寝ていることもあった。

それから一か月がたち、二か月がたった。

そんな状態でも続けてこられたのは、サッカーのおかげだ。

監督に言って、土日だけ参加させてもらっている。試合のときは、応援するだけだからつまらないけれど、ふだん練習に参加できないから仕方ない。

サッカーをすると、頭がすっきりする。ただ、体のほうはつかれてしまって、宿題をしないまま眠りこんでしまうことがあった。

月曜日に塾に行くと、先生にねちねちと嫌味を言われた。

「宿題を忘れたって？　それでなくても遅れているのに、ずいぶんとよゆうじゃないか」

「サッカーが、なんの役に立つわけ？　何かをするためには、何かを我慢しなくちゃダメだと思わない？」

そのときは「くっそ～！」と思うけど、冷静になると、「そうかもしれない……」という気になる。

はじめのころは、「無理をしなくていいよ」なんて言ってた母さんも、このごろじゃ、「お金をかけたぶん、がんばらなくちゃね！」と言うようになった。父さんもたまに部屋に来て、「わからないところがあったら、教えるぞ」なんて声をかけてくる。

塾の費用や親の期待が、ますます肩にのしかかってきた。

和弥は、ため息といっしょに、重い気持ちをのみこんだ。

その日も、ぎりぎりまで宿題をやってから家を出た。

テストの日だから、単語帳を片手に歩く。せかせかと歩き、気持ちばかりがあせっていた。

「和弥、どこに行くの？」

川ぞいの遊歩道で呼ばれて、顔を上げた。

「あ……」

幼稚園のときから知っている、同じクラスの春香だ。学校の帰りみたいで、まだランドセルを背おっている。

「これから、塾なんだ」

「塾？　何をするの？」

「勉強に決まってるだろ」

春香は天然で、マイペースだ。おしゃべりにつきあっているひまはないから、わざとらしく時計を見た。
「そうだ、いいものがあるんだ」
そう言って、春香は手さげかばんから、紙袋を取り出した。
「何？」
和弥は不機嫌に聞いた。
「今ね、家庭科クラブで、本に登場するお菓子を毎週作ってるの。わたしのアイデアなんだよ」
春香が、「じゃーん！」と紙袋を開くと、甘い香りがした。
「これは、がまくんとかえるくんのシリーズの絵本に出てくるクッキー！」
なんだ、それ……。
和弥は、紙袋に手を入れて、クッキーを手に取った。かえるというより、つぶれたあひるみたいな顔だ。
そういえば幼稚園のときも、春香とおままごとをして、葉っぱや泥で作ったお菓子を出されたなと思い出した。

「『ふたりはいっしょ』っていう作品にでてきたの。がまくんとかえるくんが、食べるのをやめられなくなるくらい、おいしいクッキーなんだよ。それって、どんなクッキーかなって思ったら、作りたくなっちゃって！　絵本を見せたら、みんな賛成してくれたんだ」

「へぇ……」

春香は、たまにおかしなことを言って、周りのみんなを巻きこんでしまう。小さいころも、「『オニごっこ』じゃなくて、『ゾンビオニ』をしない？」なんて、みんなが知らない遊びを提案した。

ふつうの『オニごっこ』は、オニが一人だけど、『ゾンビオニ』は、つかまるとオニがどんどん増えていって、最後に残った一人がみんなに追いかけられる。

はじめは、変な遊びと思ったけれど、後になって、ふと気がついた。

春香は、足が遅くて、いつもオニになってばかりの子を気づかったんじゃないかなって。その証拠に、『オニごっこ』でつまらなそうにしてた子が、『ゾンビオニ』では、見たこともないような笑顔ではしゃいでいたのを覚えている。

「ね、食べてみて」
春香が身を乗り出してくるから、もう一度、時計を見た。
時間はないけれど、おなかはすいている。和弥はクッキーを二枚いっしょに口に入れながら、リュックから水筒を取り出して、ぐっと水で流しこんだ。
「どう？」
春香が期待のこもった目で見つめてくるけれど、水で流しこんだから、味わうよゆうもなかった。
「悪い、急いでるんだ」
そう言うと、春香はがっかりした顔をした。
あわてて、「じゃあ」と行こうとしたとき、「レッドフェニックス、学校の校庭で練習してたよ」と言われた。
春香の弟の健斗は、半年前にレッドフェニックスに入ってきた。だから春香も、たまに試合の応援に来ている。
「サッカー、好きだったよね？」

大きな目でたずねられて、ドキッとした。

「今でも好きだ。サッカーがやりたいから……サッカーが強い中学に行くために、勉強してるんじゃないか」

言いわけがましい口調になる。どうしてこんなにムキになっているんだと、和弥はそんな自分にもイラついた。

春香は、何も言わない。和弥の心の中を見透かすように、じっと見つめている。それだけなのに、後ろめたいような気がしてくる。

「何かをするためには、何かを我慢しなくちゃダメだろっ」

それは、いつも塾の先生が言っている言葉だと思い出し、さらに嫌な気分になった。

春香といると、なぜか心をかきみだされる。もやもやと、霧に包まれたような気分になる。

もう行こうと背中を向けようとしたとき、春香が「待って」と言って、またかばんから何かを取り出した。

「これ、読んでみない？」
「は？」
それは、ぶあつい本だった。
「……オレ、本とか読まないから。そんな時間もないし」
自慢じゃないけれど、小さいころに絵本を読んで以来、ほとんど本を読んだことがない。国語の教科書と、夏休みの感想文のために読んだ、サッカー選手の伝記くらいだ。ましてや、こんなぶあつい本……時間があっても読まないだろう。
「本を読めば勉強にもなるよ。それ以外にも、いろいろ教えてくれるし」
「……いろいろって？」
和弥は、眉間にしわをよせた。
「今の和弥に必要なこと」
「何を言ってんだよ……」
わけがわからなくて、イライラする。でも、春香のやることや言うことは、何か意味がありそうで、少しだけ気になった。

「本って、不思議なんだ。たまたま本屋さんで見つけたり、雨宿りに入った図書館で手に取ったり、友だちが貸してくれたり……そんなふうに、偶然手にした本って、そのときの自分に必要なことを教えてくれるの」

「オレ、別に必要なこととかないから」

顔をしかめてそう言っても、

「まーまー、返すのはいつでもいいから、ね！」

と、無理やり本を押しつけて、春香はひょいっと後ろに下がった。

「じゃあね！」

ひらひらと手をふって、走り去っていく。

「うわ、重いな、これ」

和弥はそれを手早くリュックに入れると、駅に向かって走った。

塾から帰って、和弥はベッドにばたっと倒れこんだ。

今日返ってきた、模擬テストの結果は散々だった。

つかれた……。

一ミリも動けないけれど、宿題をやらなくちゃ。

リュックをたぐりよせたとたん、ズザザッと、なだれみたいにテキストや参考書が流れ落ちた。

その中に、オレンジ色の本がまぎれている。古めかしい繊細な絵を見て、春香が貸してくれた本だと思い出した。

『モモ』と書かれている。これが題名？　モモって、果物？　何かの名前？

「おかしな本だな」

作者は、ミヒャエル・エンデという外国人。

これは、外国の話だろうか……いや、昔の話？　えっと、そうだ、こういう空想の話を、ファンタジーっていうんだっけ。

そんなことを考えていると、たまたま開いたページの文に、目が吸いよせられた。

時間は貴重だ――むだにするな！

時は金なり――節約せよ！

息が止まった。

まるで、自分に向けられた言葉のような気がしたのだ。

なんて嫌な本なんだ、と思うと同時に、和弥の中に興味がわいた。

表紙の角は、すりきれて丸くなっているし、黄ばんだページは折り曲げられているから、春香はきっと、この本を何度も読んだのだろうと想像できた。

はじめのページをめくる。

モモという、おかしなかっこうをした、やせてちびの女の子が主人公だ。たったひとつの特技は、人の話を聞くこと。

話を聞くこと？　そんなの特技のうちに入らないだろうと、あきれる。

でも、書かれていることによると、「ほんとうに聞くことのできる人は、めったにいない」そうだ。

本を読むのは苦手だし、すごくつかれているのに、和弥は次々とページをめくった。物語にぐいぐい引きこまれ、『モモ』の世界に入りこんだ。

ある都会の市街地に、灰色の男たち――時間どろぼうがやってきて、時間をぬすんでいく。

時間をぬすむなんておかしなことだけど、やつらにはそれができるんだ。

例えば、日常の中のいろいろな時間を数字に置きかえて、数十年で、数億秒という時間がむだになると計算する。その分を時間貯蓄銀行に預ければ、利子をつけて返すと言って、甘い言葉で誘惑する。

その結果、人々は自分の時間をどんどん預け、時間に追われるようになるのだ。

「和弥ー、お風呂に入りなさい！」

母さんに呼ばれて、ハッと時計を見た。

わっ！　二時間もむだにした！

……むだ？　本を読んだ時間は、むだだったのか？

読みたかったわけじゃないから、むだだったのかもしれないけど……。

しおりのひもをはさんで、ぱたんと本を閉じた。

三

雨が降ったりやんだりして、はっきりしない天気が続いた。

塾に行くために駅に向かっていると、市民グラウンドに、レッドフェニックスの連中がいた。

今日は、ここで練習試合をしているのか。

塾の先生に「今のままじゃ、希望している中学は無理だ」と言われ、日曜の特別授業もはじめたから、土日のサッカー練習も行かなくなっていた。

監督には伝えてあるけれど、みんなには言ってないから、ついこそこそしてしまう。でも、やっぱり気になって横目でチラッと見ると、だれかがゴールに向かってつっぱしっていた。

それを見て、思わず大きな声で叫んだ。

「そのまま行け、行け！　今だ、打てー！」

ザザッと、ボールがゴールに吸いこまれる。

「やったー！」
ガッツポーズをして、チームのやつにハイタッチされているのは……春香の弟？
健斗は、ドリブルが苦手で、よくみんなからバカにされていたのに……。
わーっと盛り上がるチームのみんなを見ていたら、和弥は一人、取り残されているような気分になった。
「和弥！」
バンッとリュックをたたかれて、目を丸くして振りむいた。
「なんだ、春香か」
まだ本を読み終えていない和弥は、なんとなく春香を避けていた。
「ねえ、健斗が、今度の試合に出してもらえるんだって。それで、土曜日、和弥に見にきてほしいって言ってたよ」
「え……なんで？」
「前に、健斗が練習しているのを見て、ほめてくれたんでしょう？」
「そうだっけ」

「うん。『おまえ、えらいなぁ』って、言ってくれたって。あのとき健斗、サッカーをやめようとしてたんだ。下手で、自信がなくて」

ああ……。

健斗は、いつも早く来て練習しているし、熱心に質問してくる。そういうところが、えらいなって感じたことを思い出した。

「和弥が気づいてくれたから、がんばれたって言ってた」

「たまたま、だよ」

そう言っても、春香はまじめな顔で首をふった。

「和弥の筆箱には、消しゴムが二個入っているでしょう？　だれかに貸すために」

いきなり言われて、和弥は首をかしげた。

以前、となりに座っていたやつが、しょっちゅう消しゴムを忘れてきた。いちいち貸すのが面倒で、いつのまにか、筆箱に二個いれてくるようになっただけだ。

でも……それからも、忘れてきたやつや、なくしたやつに貸すために、念のため、二個いれてるけれど。どうして春香が、そんなことを知っているんだろう。

「和弥のそういうところ、すごいと思うし、好きだな」

は⁉

好きだって？

びっくりすることをさらりと言われて、和弥の顔は真っ赤になった。

「じゃ、じゃあ」

駅に向かって、あわてて走り出す。ドッドッドッと、心臓が激しく鼓動した。

オレって、そんなにすごいかな……と、口元がゆるみそうになって、ふと立ち止まる。

ちがう。オレがすごいわけじゃない。

春香だ。オレは、春香みたいになりたくて……。だれかのことを気にかけて、気づいてあげられるような人間になりたくて、春香をマネしてただけなんだ。

塾に到着して席に座ると、リュックから筆箱を取り出した。

今日もテストだ。

みんなうつむいて、元気がない。ぼんやりとした空気は、かすみがかかっているように見えた。
テストが配られ、「はじめ」の合図とともに、いっせいに鉛筆の音がさらさらと聞こえはじめる。鉛筆の先で、頭の中をひっかかれているように感じた。あせって、ぎゅっと目をつぶる。
ダメだ、はじめないと……。
筆箱を開けて、ハッとする。
消しゴムは、ひとつしか入っていなかった。
家に帰って、和弥はベッドに寝ころがった。
大の字になった手の指先に、本がふれる。
毎日少しずつ読んでいる『モモ』をひきよせて、続きを読みはじめた。
「人間というものは、ひとりひとりがそれぞれのじぶんの時間を持っている。そしてこの時間は、ほんとうにじぶんのものであるあいだだけ、生きた時間でいられるのだよ。」

ずいぶん、難しいことを言っている。いや、そんなことはないか。つまり、何に時間を使うのか、自分にとって何が大切かを考えるのが、生きるということなんだ。

灰色の男たちと戦い、みんなの時間を取りもどしたモモは、大好きな人たちと再会した。そして、たっぷりある時間の中で、その喜びを分かち合う。少し変わっているけれど、勇敢で、思いやりのあるモモに、春香の姿が重なった。

『モモ』を最後まで読み切ったとき、読んだ時間がむだだったなんて、もう思わなかった。

本を閉じるのがさびしい……それは、生まれてはじめての感覚だ。

心にぽっかりと穴があいたように感じたけれど、その穴に、はちみつのようなとろりと温かいものが流れこみ、ふわっと埋めてくれた気がする。

前より少しだけ強くなった心は、和弥に勇気をあたえてくれるようだった。

四

青空が広がる土曜日、和弥は試合を見にいった。

「健斗ー！　走れー！　つっこめー！」

ひさしぶりに大声を出して、スカッとする。

三対二で、レッドフェニックスが勝った。チームのみんなは和弥を見つけると、「どうしてたんだよ」「早くもどってこいよ」と、変わらない笑顔でもみくちゃにした。

さすがに反省会まで出るのは気がひけて、ひと足先に帰ることにした。

「和弥〜！」

春香がかけてきて、橋の上で追いつかれた。好きと言われたことを思い出し、目を合わせられない。

「来てくれたんだね」

春香のはずむような声に、和弥は「まぁ」とうなずいた。

「オレ、わかったんだ。サッカーが好きなのに、サッカーをあきらめるなんて、おかしいなって」

「もしかして、受験をやめるの？」

問いかけられて、首をふった。

「いや、受験する学校を変えた。サッカーを続けても受験できそうで、サッカー部が強いところを、ちゃんと自分で調べたんだ」

なんとなく受験することにしたから、親にまかせっぱなしだったことに気がついた。大切なのは、自分がどうしたいか、なのに。

和弥は顔を上げると、春香の大きな目をまっすぐに見た。

「好きなことを我慢して、がんばるっていうのもアリだと思うけど、オレはちがうってわかったから」

『モモ』を読んでいて、そう思った。今しかできないこともあって、それは決してむだじゃない。

「うん。夢見ることを忘れたら、さびしいもんね」

そう言ってにっこり笑う春香は、やっぱりモモみたいだと思った。

「これ、ありがと」

オレンジ色のぶあつい本を差し出す。

「そうだ！　和弥が来るだろうなと思って、昨日、家庭科クラブで焼いたパンを持ってきたんだよ」

試合の応援に行くなんて、ひと言も言わなかったのに。春香の変わらないマイペースぶりに、和弥は苦笑した。

でも、次の瞬間、春香が取り出したパンに目をうばわれた。

「『モモ』の金色のパン！」

本の中で、モモが時間の国に行ったとき、焼きたての金褐色の巻きパンを食べるシーンがある。それが、おいしそうでたまらなかったことを思い出した。何しろそのパンは、モモが今まで食べた、どのパンよりもおいしいと書かれていたのだ。

いったい、どんなパンなんだろうと想像してみたけれど、わからなくて……。

「これ、イタリアの巻きパン、ボーヴォロっていうんだって。生地でバターを包みこんで、表面に水溶き卵をぬってね……」

そのパンは、和弥のイメージにぴたりとはまった。夕日を受けて、つやつやとかがやいている。

「本当に、金色だ」

春香からパンを受け取って、いっしょに食べた。

サクッとして、バターの香りがふんわりして、ほんのりと甘い。

ひと口食べて、思わず笑みがこぼれた。

「春香……」

「ん？」

空の色と、パンの味。きれいなものやおいしいものを、だれかと分かち合う時間。

『モモ』の世界の人たちも、きっと、こんな大切な時間を見つけたにちがいない。

「『モモ』の感想なんだけど……」

春香とおしゃべりする時間は、たっぷりとある。

そのことが、和弥は何よりうれしかった。

この物語に登場する本

『モモ』　ミヒャエル・エンデ作　大島かおり訳　岩波書店

『ふたりは　いっしょ』　アーノルド・ローベル作　三木卓訳　文化出版局

森川成美（もりかわ・しげみ）

大分県出身。第18回小川未明文学賞優秀賞受賞。『マレスケの虹』（小峰書店）で、第43回日本児童文芸家協会賞受賞。「アサギをよぶ声」シリーズ、『ポーン・ロボット』（ともに偕成社）、『さよ　十二歳の刺客』（くもん出版）、『福島の花さかじいさん』（佼成出版社）、「なみきビブリオバトル・ストーリー」シリーズ（共著、さ・え・ら書房）ほか、著書多数。「季節風」同人。

高田由紀子（たかだ・ゆきこ）

新潟県佐渡市出身。『まんぷく寺でまってます』（ポプラ社）でデビュー。『君だけのシネマ』（PHP 研究所）で第5回児童ペン賞少年小説賞受賞。著書に『青いスタートライン』『ビター・ステップ』（ともにポプラ社）がある。日本児童文学者協会会員。「季節風」同人。

松本聰美（まつもと・さとみ）

兵庫県生まれ。作品に『アルルおばさんのすきなこと』（国土社）『声の出ないぼくとマリさんの一週間』『ん　ひらがな大へんしん』（共に汐文社）『ぼく、ちきゅうかんさつたい』『クルルちゃんとコロロちゃん』（共に出版ワークス）『わたしはだあれ』『パンダのあかちゃん　おっとっと』（共に KADOKAWA）『ぷぷるん　ふるふる』（ほるぷ出版）などがある。日本児童文学者協会会員。

工藤純子（くどう・じゅんこ）

東京都出身。『セカイの空がみえるまち』（講談社）で第3回児童ペン賞少年小説賞受賞。著書に『あした、また学校で』『となりの火星人』（以上、講談社）「恋する和パティシエール」シリーズ、「プティ・パティシエール」シリーズ、「ダンシング☆ハイ」シリーズ（以上、ポプラ社）などがある。日本児童文学者協会会員。「季節風」同人。

絵 吉田尚令（よしだ・ひさのり）

大阪府生まれ。絵本の作画を中心に活動 。『希望の牧場』（森絵都作、岩崎書店）で、IBBY オナーリスト賞を受賞。絵本作品に『悪い本』（宮部みゆき作、岩崎書店）『はるとあき』（斉藤倫・うきまる作、小学館）『星につたえて』『ふゆのはなさいた』（安東みきえ作、アリス館）、挿絵を手がけた作品に『雨ふる本屋』（日向理恵子作、童心社）など多数。